AF175533

Alles für die Show, alles für den
Schein
(und die Katz')

oder die Sucht nach Anerkennung

^^

Die Geschichte enthält fiktive
Berufe und Umfelder, aber echte
Gefühle in den relevanten
zwischenmenschlichen Erzählteilen

Kendra Rosenstock

4

Bibliografische Information der
Deutschen Nationalbibliothek: Die
Deutsche Nationalbibliothek
verzeichnet diese Publikation in
der Deutschen
Nationalbibliografie; detaillierte
bibliografische Daten sind im
Internet über dnb.dnb.de abrufbar.

Herstellung und Verlag: BoD –
Books on Demand, Norderstedt

ISBN 9783753478739

Karma hat immer das letzte Wort,
auch in dieser Ehe/ Beziehung/
Drama

═══════════════════════════

Mein gesamtes Leben im
Erwachsenenalter ist von den Höhen
und Tiefen, den Machtspielen, den
Exzessen und den Versöhnungen mit
Frank geprägt. Und ich war bei jeder
Versöhnung absolut überzeugt, dass
es genau das Richtige und Beste ist.
Jedes Mal habe ich voller Euphorie
an uns geglaubt.

Frank und ich haben uns vor knapp
20 Jahren kennengelernt: ich habe
mich damals gar nicht für Frank
interessiert. Ich war jung, zufrieden,
sorgenfrei, hübsch und in einer
Beziehung, in der ich nicht nach
links und rechts geschaut habe.
Frank war auch in einer Beziehung.
Anders als ich schaute Frank immer
schon nach allen Seiten.

Es geht los

Wir schreiben das Jahr 1999. Ich studiere Kunst mit dem Schwerpunkt Fotodesign, die Vogue ist meine Bibel, ich liebe es, mich selbst zu inszenieren und führe eine Beziehung mit dem deutlich älteren Architekten Paul, der von Haus aus wohlhabend ist und mir die schönen Dinge des Lebens näherbringt.

Frank ist Kunsthändler. In der Altstadt betreibt er eine äußerst geschmackvolle Galerie mit einer gut gewählten Auswahl an Farbradierungen, Lithographien, Ölbildern, Graphiken aus alten Zeiten mit Städteansichten, Berufsdarstellungen sowie kleineren Objekten und Reproduktionen. Ab und an findet man bei Frank sogar eine Lithographie von Picasso oder Marc Chagall. Das ist zwar sehr selten, trotzdem spricht Frank sehr gerne darüber. Franks Vision ist, der weltweit wichtigste Mann in der

Vermittlung von zeitgenössischer Kunst zu werden. Zurzeit vermittelt er die Kunst, die er nicht selbst ankaufen kann in der Kunstszene. Sein größter Erfolg, den er auch sehr gerne erzählt, der ihm aber auch weltweit einen kurzen Moment der Anerkennung gebracht hat, ist die Vermittlung eines Werkes von Frida Kahlo aus der Sammlung eines Privatiers an eine Formel Eins Legende.

Frida Kahlo mag ich sehr. Ihre Lebensgeschichte und ihre Selbstinszenierungen haben mich immer schon in ihren Bann gezogen und ich habe mich in ihr wieder gefunden. Der Hauptgrund für mich, mal nach Mexiko zu reisen wäre, die Bilder von ihr anzuschauen, die Mexiko nicht verlassen dürfen.

Rückblickend kann ich nicht behaupten, dass das Schicksal mich nicht gewarnt hat oder mir Zeichen gegeben hat. Es isSamstagabend, ich treffe mich mit Nicole, einer

Freundin, die ich vom Studium her
kenne, beim Mexikaner ohne an
Frida Kahlo zu denken. Wir
möchten in der Happy Hour
Cocktails trinken und vielleicht eine
Enchilada oder Quesadilla essen.
Nicole bringt ihre Nachbarin Nikola
mit. Und ich höre von Nikola die
erste „krasse Geschichte" über
Frank. Nikola ist an diesem Abend
durch den Wind: Freitagabend hat
sie Frank in einer
Großraumdiskothek kennen gelernt,
sie hat ihn sich ausgeguckt an dem
Abend, er hatte kein Interesse.
Obwohl Frank ihr seine Nummer
nicht geben wollte, hat sie sich seine
Nummer besorgt und ihn dann
angerufen und ihn
Samstagnachmittag (also vor
wenigen Stunden) bei ihm zuhause
besucht. Nikola hat eine Flasche
Limoncello zu diesem Treffen
mitgebracht, was ich sehr seltsam
finde. Nikola und Frank haben sich
dann mit dem Limoncello in Franks
kleiner Stehküche betrunken, hatten
Sex im Flur und Frank hat sie sofort

im Anschluss vor die Tür gesetzt. Und zwar wirklich im Anschluss, Nikola wurde nackt(!) ins Treppenhaus geschubst und Frank hat ihr ihre Sachen in den Flur geworfen. Das wiederum hat Nikola so aus der Fassung gebracht, dass sie bei ihrer Nachbarin und meiner Freundin Nicole Trost gesucht hat. Und Nicole hat sie zur Aufmunterung mitgenommen. Nun analysieren wir zu dritt Franks schlechten Charakter, Vorverurteilungen gehören zu meinen Spezialitäten, betrinken uns gemeinsam und ich habe Frank schon mal „richtig eingeordnet" als Vollpfosten. In Gedanken frage ich mich aber, was Nikola ausgelassen hat bei ihrer Erzählung, warum sie rausgeflogen ist. Ich kann mir nicht vorstellen, dass es aus einer Laune heraus zu so einem Affront kommen konnte.

Ein paar Tage später bummeln Paul und ich in der Nachmittagssonne durch die Stadt und schauen auch in

Franks Galerie vorbei. Paul kauft dort ab und etwas. Die beiden sind privat befreundet, auch wenn es weder vom Alter noch vom Hintergrund passt.

Mit diesem Besuch der Galerie beginnt die Tragik in meinem und Franks Leben sowie den Leben einiger Menschen in unserem Umfeld. Ich bin leicht genervt, dass Paul Franks Galerie besuchen möchte, weil ich Frank irgendwie suspekt finde. In der Galerie angekommen begrüßt Frank auch mich wie eine alte Freundin, dabei haben wir uns vorher nur einmal kurz gesehen, ebenfalls in der Galerie. Um höflich zu sein, greife ich nach Franks Hand, um ihm zur Begrüßung die Hand zu schütteln und ihn von der Idee abzubringen, mir eventuell Begrüßungsküsse geben zu wollen. Erst als er die Hand zurückzieht, fällt mir auf, dass er einen Verband um seine rechte Hand trägt und dieser Verband auch noch leicht durchnässt ist. Ich bin angewidert. Jetzt mustere ich Frank und er erinnert mich spontan an Chucky, die Mörderpuppe mit seinen dünnen hellblonden Haaren, die so fein und leicht sind, dass sie wie Spinnweben, allerdings steif vom Haarschaum wie ein halbdurchsichtiger Helm um seinen Kopf stehen. Frank hat eine denkbar schlechte Figur, eigentlich ist er schmal, seine Brust flach, sein Hintern kaum vorhanden, dafür hat er einen gut sichtbaren Bauch. Seine durchdringenden hellblauen Augen mustern mich und seine markante Falkennase in Kombination mit dem fliehenden Kinn lassen mich ihn als unglaublich unattraktiv empfinden. Wieder nur aus Höflichkeit frage ich ihn, was mit seiner Hand ist. Und Frank erzählt eine dramatische Geschichte, wie er auf Mallorca, wo er der Einladung eines Mäzens zu einer Oldtimerfahrt gefolgt ist, bei einer Panne unter das heiße Auto ist, um etwas zu reparieren und sich dabei an der Hand und der Brust verbrannt hat. Böse Zungen behaupten, er hätte durch seinen Kokainkonsum einen epileptischen Anfall gehabt und deshalb unter seinem Auto die Kontrolle verloren. Und das Ganze sei auch nicht auf Mallorca passiert, sondern vor der Haustür als er sich die Fahrt in eine Werkstatt sparen wollte. Ich kann mich in diesem Moment nicht dagegen wehren, Frank als geschickt einzuordnen.

Während unseres Galeriebesuchs lädt Frank Paul und mich zu sich nach Hause ein. Es geht also direkt in die Vollen mit unserem näheren Kontakt. Und schon am gleichen Abend folgen Paul und ich der Einladung. Frank wohnt sehr schön im Art Deco-Stil, seine Wohnung ist ganz anders als ich sie mir vorgestellt habe. Nicht unbedingt mein Geschmack, aber harmonisch eingerichtet und perfekt abgestimmt. Paul und ich sitzen auf einer altmodischen weißen Couch, die mitten im Wohn- Esszimmer platziert ist. Frank geht mit einem

Glas Weißwein in der Hand im
Raum umher und um die Couch.
Dabei hält er einen Monolog über
Kunst und das Leben. Ich höre gar
nicht zu, sondern scanne den Raum
nach privaten Dingen.

Ich registriere, dass Frank unbedingt
meine Anerkennung möchte und
damit habe ich sofort Oberwasser,
denn ich bin mir meines Äußeren
bewusst: meine dicken langen
glänzenden goldblonden Haare trage
ich offen, ich kenne meine perfekt
geschwungenen Augenbrauen, die
moosgrünen Augen, auf deren
seltene Farbe ich mir etwas einbilde.
Genauso stolz bin ich auf meine
schmale gerade Nase. Und ich weiß,
wie meine vollen Lippen wirken,
und dass ich sehr schöne Zähne
habe. Die Zähne werden durch
meine ebenmäßige, leicht gebräunte
Haut noch mal betont.

Zu meinem absoluten Erstaunen,
verabredet Paul an diesem Abend
mit Frank ein Abendessen zu viert,

das in der nächsten Woche stattfindet. Ich soll Uhrzeit und Restaurant mit Frank abstimmen, deswegen gebe ich ihm meine Handynummer. Ich gehe davon aus, dass Frank mich anruft und wir gemeinsam entscheiden, wann es wo hin geht. Frank teilt mir aber einfach nur per SMS Datum, Uhrzeit und das Lokal mit. Wenige Tage später sitzen Frank und ich jeweils mit Partner zum ersten Mal zusammen in einem Restaurant. Ich sitze neben Frank, gegenüber von Paul. Franks Tischdame ist Julia, eine unscheinbare Brünette, die sich sehr zurück hält, aber trotzdem spüre ich, dass ich nicht ihr Fall bin. Das Abendessen in dem gut bürgerlichen Restaurant, das so gar nicht zu uns (Frank & mir!) passt, verläuft unspektakulär. Das einzig Erwähnenswerte ist, dass ich mich immer unsicherer fühle, da sich Paul und Frank offen über andere weibliche Gäste unterhalten und mir wenig Aufmerksamkeit zu teil kommt. Aufgrund der Kritik an den anderen weiblichen Gästen, mache ich mir Sorgen, ob mein Bauch im Sitzen durch die Kleidung sichtbare Falten wirft. Wider mein Erwarten zahlt Frank am Ende des Abends, nicht Paul. Bei der Verabschiedung küsst Frank mich auf die Wange und raunt mir ins Ohr, dass er sich meldet. Zu diesem Zeitpunkt ahne ich noch nicht, wie dieses „ich melde mich" mich noch zur Weißglut bringen wird. Wie viel Lebenszeit ich noch mit Warten auf Franks Anrufe verschwenden werde... In diesem Moment fühlt es sich gut an und ich bin voller Vertrauen und ohne Zweifel, dass er sich meldet. Alles fühlt sich gut und leicht an.

Während der Fahrt nach Hause bin ich enttäuscht, dass Paul mich nicht mit zu sich nimmt, sondern mich zu meinen Eltern fährt. Ja, ich wohne noch bei meinen Eltern mit meiner jüngeren Schwester, meine ältere Schwester ist bereits ausgezogen. Meine Familie führt ein bürgerliches

Vorstadtleben ohne Geldsorgen, aber natürlich können Sie meine Vogue-inspirierten Konsumwünsche nicht erfüllen, aber das macht ja Paul zurzeit. Ich bin in der Topmodel Ära der Neunziger erwachsen geworden und meine Stars sind bis heute Kate Moss, Elle MacPherson und Cindy Crawford, später kommt noch Gisèle Bündchen dazu. Und ich möchte so sein wie die. Lange vor Instagram haben die Vogue, Marie Claire und Elle dafür gesorgt, dass man wusste, was man „braucht" und wie man auszusehen hat.

Zuhause verfliegt meine Enttäuschung darüber, dass Paul mich nicht mit zu sich genommen hat, schnell, denn nun kann ich alleine im Bett in aller Ruhe an Frank denken. Wohlig eingekuschelt in meine Federkissen und das Plumeau, das eigentlich für den Sommer viel dick ist, frage ich mich, wann Frank sich meldet. Die Frage, ob er sich meldet, stellt sich mir gar nicht. Paul hat auf der Rückfahrt noch erwähnt, dass er mitbekommen hat, dass Frank sich bei mir melden wollte und war sich auch sicher, dass Frank sich meldet. Gleichzeitig ist Paul sich aber auch sicher, dass ich Frank abblitzen lassen würde. Schließlich ist Frank nur ein Einzelhändler mit großen Träumen oder wie Paul es ausdrückt mit „Spinnereien".

Einige Tage darauf fragt Paul mich, ob Frank sich gemeldet hat. Als ich verneine geben wir beide unserer Verwunderung Ausdruck, denn wir beide waren uns sicher, dass Frank sich meldet. Und ich spüre wie sich Enttäuschung in mir breit macht. Schließlich war ich mir so sicher, dass Frank sich meldet und ich ihn dann hoffertig abweisen würde. Natürlich nur, damit er um mich kämpft. Die Tage vergehen, ohne dass Frank sich meldet. Ich rufe bei Frank an und lege sofort wieder auf in der Hoffnung, dass er sich meldet, wenn er meine Nummer im Display sieht. Zwischendurch schaue ich mir Franks Visitenkarte an, die ich damals nur mitgenommen habe, um mein Etui mit „passenden Leuten" füllen zu können. Bei Franks Rückruf würde ich entgegnen, dass ich mich verwählt habe und deswegen nicht habe länger klingeln lassen. Dann wäre ich in seinem Kopf und er würde sich mit mir verabreden wollen, hoffte ich. Dass sowohl ich als auch Frank in einer Beziehung ist, habe ich längst ausgeblendet. Und Frank meldet sich nicht nur nicht, er ruft auch nicht zurück. Ich kann gar nicht fassen, dass ich aus den Augen, aus dem Sinn bin. Um Franks Aufmerksamkeit doch noch zu erlangen, beschließe ich, Frank in seiner Galerie zu besuchen und ihn mit einem Eis zu überraschen. Es soll spontan wirken, also bretzel' ich mich nicht auf, sondern trage ein schwarzes Rippshirt mit zartem floralem Muster, dass meine wohlgeformten Brüste und die schmale Taille betont, meinen runden Hintern setze ich gekonnt mit einer Jogginghose aus Fallschirmseide in Szene. Schwarze Leinenturnschuhe an die Füße und schon geht es mit dem Rad zu der, der Galerie am nächsten gelegenen Eisdiele. Ich fahre mit dem Rad statt mit einem von Pauls Autos. Irgendwie habe ich dann doch den Anstand zu denken, dass Paul mir nicht seinen Fuhrpark zur Verfügung stellt, damit ich andere Männer damit besuchen fahre. Auf die Idee, mir selbst ein Auto zu kaufen, komme ich mein ganzes Leben nicht. Ein schlechtes Gewissen habe ich bei der Aktion nicht. Mit zwei Bechern mit jeweils einer Kugel Vanilleeis und einer Kugel Schokoladeneis erreiche ich die Galerie. In der besagten Eisdiele gibt es maximal drei Sorten Eis, die Dritte ist Banane heute, mag ich nicht als Eis. Leicht angenervt, da es sich so schlecht Rad fahren lässt mit zwei Bechern Eis, erreiche ich die Galerie. Frank ist dafür, dass er normalerweise großen Wert auf sein

Styling legt, ungewöhnlich freizeitmäßig gekleidet. Er trägt ein dunkelblaues Polohemd zu einer dunkelblauen knielangen Bermudashorts und braune Timberland Bootsschuhe. Sein Empfang ist kühl, aber freundlich. Wie einen fremden Kunden gegenüber, der kurz vor Feierabend kommt, aber sicher nichts kauft, sondern sich nur mal umschauen möchte. Ich sage, ich sei in der Nähe gewesen und hätte gedacht, dass er sich über ein Eis freut. Frank bedankt sich zwar für das Eis, stellt aber seinen Eisbecher auf eine Ablage, wo es ihm nicht im Weg steht, natürlich ohne zu probieren. Diese Geste vermiest mir die Lust auf mein Eis und nachdem sowohl mein Eis als auch das Eis auf der Ablage halb geschmolzen sind, verabschiede ich mich mit einem pampigen „Dann möchte ich Dich nicht weiter von der Arbeit abhalten!" – „Schön, dass Du hier warst, ich melde mich!" ist die unverfrorene Antwort. Als ich beim

Verlassen der Galerie noch mal durch eines der Fenster schaue, sehe ich, wie Frank das Eis schwungvoll in den Müll wirft. Ich ärgere mich unglaublich über mich selbst, weil ich mich dazu herabgelassen habe, nett zu sein und dann so gedemütigt werde. Ich lösche Franks Nummer, um mich selbst davor zu schützen, diesen so unverschämten Idioten noch mal zu kontaktieren. Das Löschen der Kontaktdaten wirkt schon wie eine kleine Befreiung. Die Anstrengung der Bergauffahrt auf dem Rad nach Hause hilft mir zusätzlich, meine Wut verfliegen zu lassen. Nach einiger Zeit genieße ich die Fahrradfahrt und mache mir Gedanken, mit wem und wohin es heute Abend in Begleitung von Paul gehen könnte. Der gute großzügige liebe Paul, denke ich und nehme mir fest vor, Paul mal mehr Wertschätzung entgegen zu bringen. Paul, der nichts verlangt und gerne gibt, keine Regeln aufstellt und nichts fordert, der hätte sein Eis gegessen und sich bedankt. Er

bedankte sich auch, wenn ich eins
seiner Autos betankte und mit seiner
Kreditkarte bezahle, schließlich
blieb ihm ja der Vorgang erspart an
die Tankstelle zu fahren, so denke
ich. Noch bin weit entfernt von den
Machtspielen, Demütigungen,
Abhängigkeiten von Frank. Ich
entschließe mich, Paul anzurufen
und ihm zu sagen, dass ich mich auf
den gemeinsamen Abend und die
gemeinsame Nacht freue. Pauls „Sei
nicht so devot, das steht dir nicht"
stimmt mich nachdenklich.

Um mich abzulenken, kläre ich
wichtige Fragen, wie was ich
anziehe, wie ich meine Haare trage,
und ob ich mir waschen & legen bei
meinem Lieblingsfriseur Ben leisten
soll, mit mir selbst. Ben betreibt
einen edlen Friseursalon und hat
sich ganz der Ästhetik verschrieben.
Seine zweite Leidenschaft und sein
zweites Standbein ist die Fotografie.
Und mein Traum ist es, eine
erfolgreiche Modefotografin zu
werden, daher studiere ich auch

Fotodesign. Ben hört sich gerne selbst reden, gibt buddhistisch angehauchte Ratschläge, kennt jeden und hat zu allem eine Meinung, ist aber ein wohlwollender Mensch. Ich höre ihm gerne zu und hoffe auf verschiedene Weisen von ihm zu profitieren, beruflich und privat. Manchmal frage ich mich, ob Ben wirklich nicht weiß, dass ich ihm mal ein unmoralisches Angebot per SMS gemacht habe oder ob er nur den Anstand hat, es nicht zu thematisieren. Zu dieser Zeit lebe ich noch so in meinem kleinen Kosmos, dass mir einige Verbindungen nicht klar sind. Und damit ist mir auch die Verbindung zwischen Paul und Ben nicht klar, und dass Ben und Frank gerne gemeinsam ausgehen, ahne ich auch nicht. Hier stellt sich ebenfalls die Frage, ob ich bei mir bin (positiv ausgedrückt) oder ob ich einfach nur nichts mitbekomme, weil meine Interessen hauptsächlich bei Klamotten liegen.

Es gibt noch keine It-Bags.
Handtaschen sind sowieso noch gar
nicht mein Thema, ich habe auch
nicht wirklich etwas für in eine
Handtasche. 1999 reicht nur eine
Vogue im Monat, um zu wissen, was
man braucht und trägt, und
Handtaschen werden nicht extra
erwähnt. Geld habe ich meistens
auch keines dabei, ich verlasse mich
blind darauf, eingeladen zu werden.
Außer den Schlüsseln für mein
Elternhaus und Pauls Haus habe ich
nichts dabei, wenn ich im
Nachtleben unterwegs bin.

Mit Ben ist es komisch und ich bin
da sehr ambivalent. Ich habe ständig
das Gefühl, dass er mich über den
Tisch zieht bei den Preisen für seine
Friseurleistungen. Gleichzeitig
möchte sie seine Aufmerksamkeit
und Anerkennung, genieße die Zeit
bei ihm im Salon und fühle mich
schön und beachtet.

An diesem Samstag wird die
Zweisamkeit von Ben und mir erst

durch ein Model mit Wurzeln in
Martinique und dann durch einen
Musikproduzenten namens Ralf
gestört. Das Model hat
offensichtlich bei Ben übernachtet
und möchte nun nicht gehen,
obwohl, Ben deutlich signalisiert,
dass er keine Lust mehr auf sie hat.
Ich sage gar nichts, ich denke nur,
sie sollte gehen. Je schneller sie jetzt
weg ist, umso schneller meldet sich
Ben bei ihr. Und je mehr sie jetzt
nervt, umso unwahrscheinlicher
wird es, dass er sich überhaupt noch
einmal bei ihr meldet. Als
Außenstehende ist es leicht, die
Situation zu beurteilen, aber ich
weiß genau, wie sie sich fühlt. Ihr
Aufenthalt im Salon wird durch
Ralfs erscheinen verlängert. Ralf hat
in diesem Moment deutlich mehr
Interesse an ihr als Ben. Ben und ich
haben kurz vorher schon über Ralf
gesprochen und uns darüber
ausgetauscht, dass es komisch
klingt, dass er als Musikproduzent
von L.A. zu uns gezogen ist, und ob
wir zu seiner bevorstehenden

Release-Party gehen sollten. Ben und ich sind uns einig darüber, dass Ralf uncool ist und wir möchten nicht zu seiner Party. Eingeladen von uns beiden ist eh nur Ben. Ralf möchte sich von Ben die Spitzen seiner langen Haare schneiden lassen, Ben willigt ein und Ralf beginnt in seiner Wartezeit ein Gespräch mit dem Model. Sie genießt es, noch Zeit bei Ben zu schinden. Natürlich lädt Ralf das Model zu seiner Party ein, versichert sich, dass Ben seine Einladung auch bekommen hat, korrigiert sich, in dem er sagt, er freue sich, wenn Ben in Begleitung des Models kommt. Bens strafenden Blick interpretiert er völlig falsch: Ralf denkt, dass Ben ist unhöflich findet, mich nicht einzuladen (ist es auch!) und stammelt, dass er sich auch darüber freut, wenn ich zu seiner Party komme. Ben und ich fühlen uns in diesem Moment sehr überlegen und ich bin froh, dass Ben mir von allen im Raum am meisten wohl gesonnen

ist. Mit diesem guten Gefühl
verlasse ich den Salon zu Paul.

1. Date

Die gemeinsame Zeit mit Paul und
die Zeit an der Universität wird von
mir kaum wahrgenommen. In
meinem Kopf kreisen die Gedanken
nur um Frank, was er mit wem
macht, warum er sich nicht meldet.
Es wird Herbst bis es dann endlich
so weit ist: er ruft mich an, wir
verabreden uns zum Abendessen.
Ich bin so euphorisch!

Wir sind erst für 21 Uhr verabredet,
weil Frank so viel in der Galerie zu
tun hat. Er hat ein angesagtes
französisches Bistro gewählt, das ich
nur vom Hörensagen kenne. Für
Frank liegt es praktisch, da es ganz
in der Nähe seiner Galerie ist. Für
mich liegt es unpraktisch, außerdem
regnet es. Und nun sitze ich Bus mit
meinen sorgfältig gescheitelten
Haaren, die ich zu einem tiefen
Pferdeschwanz gebunden habe. Ich

trage einen schwarzen Trenchcoat,
darunter ein tief ausgeschnittenes
tailliertes Hemd, eine Smokinghose
und meine Prada Wildleder
Highheels. Kurz vor 21 Uhr erreiche
ich das Bistro. Frank sitzt schon da
auf der Bank und trägt noch seine
Lammnappa-Jacke. Ich empfinde
ihn heute als ausgesprochen attraktiv
und freue mich, ihn zu sehen. Als
ich näher an den Tisch komme, sehe
ich, dass er schon gegessen hat, der
leere Teller steht noch vor ihm und
ein Glas Cola. Ich bin verwundert,
dass er Cola trinkt, passt irgendwie
nicht in mein Bild und ich halte es
auch für stillos zum Essen Cola zu
trinken. Ich lasse meinen Mantel
ebenfalls an uns setze mich zu ihm
an den Tisch. Er steht nicht auf, die
Begrüßung fällt kühl aus. Ich frage
ihn, ob ich mit der Uhrzeit vertan
habe – Nein, er war halt früher da
und hatte Hunger. Wieder machen
sich wie bei meinem Besuch in der
Galerie Wut und Enttäuschung in
mir breit. Trotzdem bestelle ich mir
ein Wasser, da ich mich nicht traue,

mir ein Glas Champagner zu
bestellen, wie ich es bei Paul
gewöhnt bin. Als der Kellner mir
das Wasser bringt, bezahlt Frank
seine Cola und sein Essen, aber
nicht mein Wasser, dann steht er auf
und geht zur Tür. Ich bezahle mein
Wasser, an dem ich noch gar nicht
getrunken habe und laufe ihm hinter
her. Frank ist zwischenzeitlich schon
auf der Straße angekommen. Meine
Frage, was los ist und was ihm nicht
passt, beantwortet er damit, dass er
einen anstrengenden Tag hatte, nach
Hause wolle und nur gegen eine
leere Wand starren möchte. Ich
bleibe stehen, vor lauter Wut und
Enttäuschung kann ich nicht klar
denken. Ob Frank das merkt oder ob
er zu sehr mit sich selbst beschäftigt
ist, weiß ich nicht. Jedenfalls dreht
sich er noch einmal um, verspricht,
dass wir das Essen nachholen, und
sagt, dass es ihm leidtut, aber er
gerade nicht anders könne. Ich gehe
in die andere Richtung, als er weit
genug entfernt ist, fange ich an zu
heulen, erst unterdrückt, dann lasse

ich meinen Tränen freien Lauf und
spüre damit Erleichterung. Ich steige
erst ein paar Haltestellen später in
den Bus nach Hause als ich mich
etwas beruhigt habe. Es ärgert mich,
dass er mich weder abgeholt hat,
noch sich darum kümmert, wie ich
nach Hause komme. Fürsorge sieht
anders aus. Zuhause dusche ich
ausgiebig sehr heiß und schlafe
danach wider Erwarten ohne zu
grübeln schnell ein.

Fürsorge und Interesse sind auch in
den nächsten Wochen keine Themen
für Frank. Es kommt wieder nichts,
auch keine SMS, ob ich gut nach
Hause gekommen bin. Sachlich
gesehen ist hier schon klar, dass
Frank geizig ist und sich nur für sich
selbst interessiert.

Genau eine Woche später
überkommt es mich: ich verbringe
einen schönen Abend mit zwei
Freundinnen. Ausgelassene
Stimmung, wir fühlen uns
verbunden und lachen viel.

Nachdem meine beiden Freundinnen
mich nach Hause gefahren haben,
kippt meine Stimmung plötzlich, ich
frage mich, was Frank wohl macht.
Ein Geistesblitz sagt mir, dass Frank
bestimmt in das Bistro, in dem ich
mit ihm verabredet war, gegangen
ist. Plötzlich überfällt mich das
Bedürfnis nach Klarheit. Ich möchte
unbedingt wissen, ob er da ist, egal,
was ich von dieser Information
ableiten kann. Also schnappe ich mir
mein Fahrrad und fahre zu dem
Bistro. Das Fahrrad schließe ich
circa 50 Meter vom Bistro entfernt
ab. Ich gehe zu Fuß, um
unauffälliger durch die Fenster
schauen zu können. Frank entdecke
ich sofort. Er sitzt mit einer etwas zu
dicken unscheinbaren Frau an einem
Zweiertisch, die beiden amüsieren
sich, schauen sich in die Augen,
trinken Wein. Mir schießt dieses
Mal zu der Wut & Enttäuschung
auch noch jede Menge Adrenalin in
die Adern. Obwohl es keinerlei
sachliche Begründung dafür gibt,
fühle ich mich von Frank

hintergangen. Ich stürme an den Tisch und frage Frank, was das soll. Seine dicke ungeschminkte Begleitung scheint amüsiert. Frank mustert mich abfällig von oben bis unten und alles, was er mir zu sagen hat, ist „wie siehst Du überhaupt aus?". Ich trage eine Jeans, Stiefel und eine Trainingsjacke. Ich hatte nicht geplant, Frank gegenüber zu treten, ich wollte Gewissheit darüber, ob er mit jemand anderes in diesem Bistro sitzt. Und das tut er. Ich bin empört, dass er dieser unattraktiven Frau den Vorzug gibt. Und Frank fühlt sich offensichtlich geschmeichelt und bittet mich, mit ihm raus zu gehen. Draußen vor dem Bistro erklärt er mir, er wäre lieber mit mir ausgegangen, hätte aber spontan Besuch von einer alten Schulfreundin bekommen und sei daher mit ihr essen gegangen. Er verstehe meine Aufregung an der Stelle nicht – diese Formulierung werde ich noch ganz oft hören! Frank und ich verabschieden uns und ich gehe. Aber noch bevor ich

mein Fahrrad wieder erreicht habe,
überkommt mich erneut Eifersucht,
ich laufe zurück ins Bistro an den
Tisch der beiden und spreche aus,
was ich mir vorstelle und sehnlichst
wünsche: sie soll gehen! Frank zückt
sein Handy und droht Paul
anzurufen, der soll mich abholen!
Als Frank tatsächlich Paul anwählt,
versuche ich, Frank das Handy weg
zu nehmen. Mittlerweile ist auch der
Chef des Bistros an unserem Tisch
und bittet mich, zu gehen. Frank legt
auf. Und sofort ruft Paul zurück. Ich
höre noch, dass Frank sagt, er habe
sich verwählt, während ich vom
Chef zur Tür begleitet werde mit den
Worten "Sie können nicht einfach
meine Gäste stören". Damit hat sich
der Chef komplett disqualifiziert und
meine totale Verachtung auf
Lebenszeit. Noch Jahre später
verspüre ich Genugtuung als dieses
Bistro schließt. Die Drohung mit
dem Anruf bei Paul hat mich wieder
zur Besinnung gebracht. Das Letzte,
was ich wollte war, Paul zu erklären,

was ich da und warum gemacht
habe.

Auf dem Nachhauseweg werde ich
ruhiger, reflektiere das Geschehene.
Jetzt probiere ich, mich zu erinnern,
ob unter den anderen Gästen jemand
war, der Paul und mich kennt. Bei
meinem Auftritt hatte ich nur Augen
für Frank. In dieser Nacht quält
mich die Ungewissheit und die
Befürchtung, ob das jemand
mitbekommen hat, der Paul und
mich kennt mehr als das Frank mit
einer anderen Frau da war. Denn ich
hatte keine Idee, wie ich das hätte
Paul erklären sollen. Zudem Paul
auch noch die unangenehme
Angewohnheit hat, sich mit meinem
Vater über mich auszutauschen.
Mein Vater ist ein Jahr jünger als
Paul, vermutlich der Grund, warum
sie sich so allwissend und auf einer
Wellenlänge über mich austauschen
können. Und dann machten sich alle
Sorgen, meine Mutter würde noch
ins Boot geholt und die Anklage
würde wie so oft „Du machst uns

solche Sorgen!" lauten. Und genau
das belastet mich so: wo ist das
Problem? Ich sehe das Problem
nicht. Ich habe Abitur gemacht und
studiere, ich klaue nicht, alles läuft
in den normalen Bahnen. Zumindest
aus meiner Sicht.

Nächste Runde

DER Abend hat kein Nachspiel,
Niemand spricht mich darauf an,
Paul scheint nichts zu wissen, nicht
mal zu ahnen. Die Wochen
vergehen. Paul und ich verbringen
ein paar romantische Tage in
Kampen, tun nur Dinge, die mir
Spaß machen wie am Strand
spazieren gehen, Champagner
trinken & dazu Sylter Royal oder
Toast mit Kaviar essen und
einkaufen. Und das jeden Tag.
Wieder zuhause erzählt mir Paul
beiläufig, dass Frank und Julia sich
getrennt haben, warum genau, weiß
man nicht (Jahre später erfahre ich,
dass Frank mit Julias Schwester
geschlafen hat), allerdings wohnt

Frank schon bei seiner neuen
Freundin Heidi. Nach Pauls
Beschreibung sieht die neue
Freundin wie Mutter Beimer aus und
hat drei Kinder. Der Exmann dieser
Heidi und Vater der Kinder, ein
Bekannter von Paul, ist nun mit
seiner Sekretärin zusammen, die laut
Paul auch viel besser zu ihm passt.
Und wie es das furchtbare und
unerbittliche Schicksal will, hat
Frank für vier Wochen keinen
Führerschein, muss/ möchte aber zu
dieser Heidi in die Wohnung, die
circa 20 Kilometer entfernt liegt.
Und nun der Beweis, dass Paul
nichts von meinem Auftritt an DEM
Abend weiß: Paul bittet mich, Frank
abends von der Galerie nach Hause
zu fahren!!!! Und ich finde keine
Ausrede, es nicht zu tun. Und noch
schlimmer: insgeheim freue ich
mich sehr darüber.

Die erste Fahrt: ich hole Frank in
Pauls dunkelblauem Mercedes ML
ab. DEN Abend völlig ausgeblendet,
habe ich Oberhand. Frank ist mir

freundlich zugetan, fast schon flirty.
Ich genieße seine ungeteilte
Aufmerksamkeit während der Fahrt.
Bei der ersten Fahrt gibt es nur
Smalltalk und zum Abschied
Küsschen rechts und links auf die
Wangen. Ich freue mich auf die
abendlichen Fahrten und bin
enttäuscht, dass er schon für den 3.
Tag absagt, da ihn da die Tochter
seines Zahnarztes fährt – ohne
Worte! Frank ist dann am 4. Tag
noch nicht abfahrbereit und ich
komme kurz mit in die Galerie. Auf
seinem Schreibtisch steht ein Foto in
einem Georg Jensen Bilderrahmen,
darauf ist eine Frau Typ
„Hamburger Kaufmannstochter" in
einem Yachthafen irgendwo am
Mittelmeer zu sehen. Schon wieder
spüre ich Eifersucht und zwar jede
Menge Eifersucht. Seltsamerweise
spüre ich keine Eifersucht, wenn ich
ihn bei Heidi, der anderen Frau
absetze. Ich frage ihn, wer das ist
und er sagt „Heidi, von wem sonst
sollte ich ein Foto auf dem
Schreibtisch stehen haben?". Ich

zucke mit den Schultern und denke,
dass Heidi viel besser aussieht als
Paul gesagt hat. Kurz darauf sitzen
wir im Auto und ich freue mich über
jede rote Ampel und jede
Verkehrsbehinderung. Ich kann es
nicht erklären, aber ich bin einfach
zu gerne mit Frank zusammen.
Später zahle ich dafür einen sehr
hohen Preis. Frank bekommt seinen
Führerschein zurück und damit ist
nicht nur mein Fahrdienst zu Ende,
sondern auch ansonsten Funkstille.
Ich rede mir ein, dass das besser für
mich und meine seelische Balance
ist.

„Wenn nicht passiert, was ich
möchte, passiert, was besser für
mich ist." Das wir mein Mantra,
meine Ausrede und mein Trost.

Und dann kommt ein paar Wochen
später aus dem Nichts, während ich
zuhause meine Kleidung nach
Farben ordne, der ersehnte Anruf:
„Hey, wie geht's? Ich möchte Dich
zum Essen einladen, weil Du so lieb

warst, mich zu fahren.". Mein Herz
überschlägt sich vor Glück. Ich
komme den restlichen Tag nicht aus
dem Grinsen heraus. Ich kann nicht
verbergen, dass ich mich freue. Ich
kann nicht mal Ablehnung spielen.
Wir verabreden uns für
Samstagmittag, Frank holt mich ab,
er möchte mir unterwegs noch etwas
zeigen. Ich weiß nicht, wo wir essen
gehen und ich weiß nicht, was er mir
zeigen möchte. Aber ich freue mich
auf Samstag wie ein Kind in der
Adventszeit auf Weihnachten. Ganz
beflügelt gehe ich beschwingt durch
den Rest der Woche.

Endlich ist es Samstagmittag. Und
endlich läuft es so ab, wie ich es mir
erträumt habe. Frank ist pünktlich,
er hat sich gekleidet wie ein
moderner Dandy und ich finde ihn
trotz seines eigentlich unattraktiven
Äußeren unglaublich toll. Dieser
Mann hat eine Wahnsinnswirkung
auf mich. Er holt mich in einem
alten Jaguar ab, allerdings einem
Rechtslenker, er hält mir die Tür auf,

und ich nehme auf der eigentlichen Fahrerseite Platz. Die Fahrt geht los, und als wir über die erste Kreuzung fahren und links abbiegen, ist die Stimmung völlig ausgelassen, wir lachen und johlen. Es ist ein total komisches Gefühl auf der Fahrerseite zu sitzen ohne Lenkrad und so durch die Gegend gefahren zu werden. Zuerst fahren wir zu einer alten Halle, einem Bogenbau und Frank erläutert mir seine Pläne mit der Halle. Er möchte dort eine Galerie eröffnen und eine weitere in Nizza und eine in Innsbruck. Interessiert mich aber Null, ich möchte wissen, was er sich mit mir vorstellt. Ich spüre, dass ich ihn nicht zufrieden stelle, weil er merkt, dass ich mich nicht für seine Pläne als Galerist und Kunsthändler interessiere. Empathie war noch nie meine Stärke. Wir gehen wieder zum Auto, Frank ist nicht mehr ganz bei mir, aber höflich. Wir fahren in ein Ausflugslokal am Waldesrand, das ganz gute Küche serviert und essen zu Mittag. Die Stimmung bleibt freundlich, ist aber abgekühlt, ich merke, dass ich schon ein bisschen verkrampfe, weil Frank sich entfernt. Nach dem Essen fährt Frank mich nach Hause, es gibt wieder einen Kuss auf die Wange und dieses „ich melde mich".

Frank ich sind nun Freunde. So drückt es Frank jedenfalls aus.

Funkstille.

Noch eine Runde

Von Paul erfahre ich, dass Frank sich von Heidi getrennt hat und in eine 2-Zimmer-Wohnung gezogen ist. Ein paar Tage später meldet sich Frank bei mir mit den Worten „ich bin in Trinklaune". „Ich bin Trinklaune" wird noch oft der Startschuss für ein Treffen sein. Frank erklärt mir, dass er noch einen späten Termin mit einem Kunstsammler in der Galerie hat, solche Sammler sind wichtig für ihn, den sie kaufen und manchmal

verkaufen sie auch aus der
Sammlung. Er bittet mich, ihn bei
sich zu Hause abzuholen und dann
etwas trinken zu gehen. Ich willige
ein. Ich klingele und keiner macht
auf, offenbar bin vor ihm bei ihm.
Ich schreibe ihm eine SMS mit der
Frage, ob er mich vergessen hat und
bekomme prompt eine Antwort:
„Sorry, nein, ich bin sofort da.". Und
kurz darauf wird er von einem
eleganten älteren Herrn, der
Wohlstand ausstrahlt, vor der Tür
abgesetzt. Der Mann grüßt mich und
lächelt, dann fährt er schon weiter.
Frank fragt mich, ob es mir etwas
ausmacht, mit in seine Wohnung zu
kommen, er müsste noch sein
Kassenbuch führen, es würde ihn
unruhig machen, wenn das nicht
erledigt würde. Ich willige ein und
Frank erklärt mir sein System. Wir
spinnen rum, dass ich mit ihm die
Galerie führen soll, die Buchhaltung
mache und eigene Fotos ausstellen
werde. Obwohl ich tief im Inneren
weiß, dass es „nur Spaß" ist, bin ich
begeistert. Und ich träume mich in

die gemeinsame Zukunft. Frank arbeitet mit einem Mac, womit auch sonst als der Ästhet, der er ist. Nachdem ich fleißig Franks Tankquittungen usw. eingegeben habe, macht nur den Witz, dass er hofft, dass ich ihm das nicht in Rechnung stelle. Die gemeinsame Zukunft erscheint mir ganz real gerade. Nach getaner Arbeit holt Frank eine Flasche Sekt aus dem Kühlschrank. Wir bleiben scheinbar bei ihm zuhause am Esstisch sitzen. Ich mustere die altmodische weiße Couch, die ich schon aus seiner anderen Wohnung kenne und auf der ich schon mit Paul gesessen habe. Frank geht mit der Flasche Sekt um mich herum und streicht mir über die Schulter und den Hals, ich zucke bei der unerwarteten, aber schönen Berührung, und er entschuldigt sich. Ich neige beschämt den Kopf, registriere aber sein zufriedenes wohlwollendes Lächeln. Wir trinken Sekt, lachen, tauschen uns aus, alles fühlt sich so richtig an! Der Begriff „Selfies" existiert zu dieser Zeit

noch nicht. Es ist neu, dass der Mac
eine integrierte Kamera besitzt und
man die Fotos schon vor dem
Drücken des Auslösers über
verschiedene Filter bearbeiten kann.
Frank und ich machen ausgelassen
ein paar Selfies, wie man heute
sagen würde, die Stimmung ist
vertraut.

Nach der zweiten Flasche Sekt sagt
mir Frank, dass er müde ist und
bietet mir an, bei ihm zu
übernachten. Wieder willige ich ein.
Ich bekomme eine karierte
Schlafanzughose und ein T-Shirt mit
Tim & Struppi auf der Brust. Wir
gehen gemeinsam ins Bad zum
Zähne putzen, ich bin so glücklich
als er sagt, dass ich nun meine
eigene Zahnbürste bei ihm habe. Wir
gehen ins Schlafzimmer, auf meinen
Wunsch hin, lässt er das Licht
komplett aus. Irgendwie hatte ich
gar nicht damit gerechnet, dass er
diesem Wunsch nach kommt.... wir
küssen uns das erste Mal richtig und
schlafen miteinander, ich bin total

berauscht und schlafe überglücklich in Franks Armen ein. Als ich aufwache ist es schon hell im Zimmer, Frank schmiegt sich an mich und da geht auch schon sein Wecker. Während Frank sich ganz ergonomisch an mich kuschelt, murmelt er immer wieder, dass er nicht aufstehe möchte. Eine Stunde später gibt er sich einen Ruck... er geht ins Bad, ich bleibe liegen. Als er zurück ins Schlafzimmer kommt, berührt mich seine Nacktheit unangenehm. Ich schließe die Augen, um das nicht sehen zu müssen. Als Frank am Kleiderschrank mit dem Rücken zu mir seine Kleidung für den Tag zusammenstellt, blinzle ich und riskiere doch noch einen Blick. Die Aussage einer Freundin, die im Altersheim arbeitet, schießt mir durch den Kopf: „Alte Frauen haben Hängetitten, alte Männer Hängeeier." Peinlich berührt verstecke ich mich unter der Decke während Frank sich völlig ungezwungen im Raum bewegt. Als

er angezogen ist, bittet er mich, auch
aufzustehen. Beiläufig sagt er mir,
dass er nun keine Zeit mehr hat,
mich nach Hause zu fahren. Einen
Kaffee bekomme ich aber noch,
leider ohne Milch. Bei der
Verabschiedung bekomme ich noch
einen Kuss und Frank bedankt sich
bei mir, dann verschwindet er ohne
sich noch einmal umzudrehen. Ich
bin bis über beide Ohren verliebt.

Zuhause fällt mir ein, dass ich mit
Paul reinen Tisch machen muss.
Paul interessiert unsere Trennung
genauso wenig wie mich, was mich
wiederum verletzt.

Das Werte-Empfinden bei mir und
Frank ist von Anfang an gestört.
Durch das Tragen bestimmter Labels
und Sex, bemühe ich mich um seine
Anerkennung. Innerlich realisiere
ich, dass wir keine Beziehung
führen. Ich bin aber überzeugt, dass
das noch wird. Slowly by slowly wie
es auf Neudeutsch heißt, bringe ich
das Frank noch bei.

Erstmal haben wir Spaß, es kommt bei einem meiner Besuche, die immer spontan von Frank ausgehen, nie Vorlauf haben, zu vielen lustigen und schönen Anekdoten. Da Frank selbst meine Designerroben bemängelt, ich eines Abends in einem kurzen grünen Strickkleid von Zara mit Hirschen im Norwegermuster im Bereich des unteren Saums. Dazu trage ich flache Bikerboots und eine sehr goldene Strumpfhose. Eigentlich war ich darauf gefasst, dass Frank mein Outfit kritisiert, aber er fand es erstaunlicherweise süß. Das war einer der wenigen Abende, wo es passt zu sagen, dass wir uns liebhatten. Da meine Bikerboots keinen Reißverschluss haben, bekomme ich sie alleine ohne Stiefelknecht nicht aus. Angetrunken vom Tankstellen Sekt (Frank bringt immer „spontan" Sekt von der Tankstelle mit, weil er nichts im Haus hat und das Treffen nicht geplant war...) kichere ich, dass ich

zuhause so ein geiles Ding habe,
dass mir hilft, Stiefel auszuziehen.
Frank kniet grinsend vor mir nieder
und sagt, dass er mir dann die Stiefel
auszieht. Ich genieße die
Zweideutigkeit dieser Aussage und
es macht einfach alles Spass mit
Frank. Zum ersten Mal fällt mir auf,
wie Frank, wenn er wirklich von
Herzen lacht, die Oberlippe
hochzieht, so dass man sein
komplettes Zahnfleisch sieht.
Einerseits finde ich, es entstellt ihn,
andererseits liebe ich es jetzt schon,
wenn er sich so ehrlich amüsiert und
mir geht das Herz auf. Dieses
entblößte Zahnfleisch wird für mich
zum Indikator für Franks wahre
Freude. Dieser wunderbare Abend,
an dem alles so perfekt läuft, nimmt
aber wie es sich für Frank und mich
gehört, noch eine Wendung. Zum
ersten Mal öffnet Frank noch eine
dritte Flasche Sekt und ich bin die,
die mehr und schnell trinkt. Es gibt
übrigens bei Frank nie Wasser dazu.
Und aus Albernheit wird Übelkeit,
ich muss mich übergeben, Frank

bleibt gelassen. Wir gehen ins Bett und ich werde total sauer, weil Frank mich nicht küssen möchte. Meine Stimmung schlägt um und ich schlafe beleidigend ein. Frank hat sich von mir weggedreht. Kein Sex. Am nächsten Morgen bin ich früh wach, wie immer wenn ich zu viel getrunken habe. Und ich habe einen Geistesblitz: Frank wollte mich nicht küssen, weil ich gekotzt habe. Jetzt bin ich peinlich berührt, dass ich ihn so unbedingt küssen wollte, traue mich aber als Frank wach ist nicht, ihm das zu sagen und mich zu entschuldigen. Ich schmiege mich an Frank, er geht sofort darauf ein und streichelt mich. Als mich kurz ins kalte Bad entschuldige, lächelt er so charmant, dass ich vor lauter Glück fast zerspringe. Ich putze mir die Zähne, benutze Mundwasser und schlüpfe dann wieder zu Frank unter die warme Decke. Die Tatsache, dass Frank und ich entspannt unter einer 135 cm breiten Bettdecke schlafen können, ist für mich ein sicheres Indiz, dass wir perfekt

zueinander passen. Schließlich
klappt das nicht mit jedem. An
diesem Morgen nimmt Frank sich
Zeit, wir schmusen und kuscheln bis
es zu ganz sanftem und langsamen
Sex kommt. Wir liegen uns auch
danach noch lange in den Armen
und grinsen vor Glück. An diesem
Morgen bin ich wichtiger als die
Galerie. Das wird sich in den
nächsten Jahren keine fünf Mal
wiederholen... an diesem Tag bin ich
so glücklich, dass ich voller
Vertrauen denke, dass ich Frank
noch am gleichen Abend sehe. Die
Verabschiedung von Frank dauert,
er kommt auch aus dem Grinsen
nicht mehr raus und er bedankt sich
bei mir für den schönen Morgen.
Einen kleinen Schatten hat der
Morgen: mir gefällt Franks
schwarzes achteckiges
Achtzigerjahre-Geschirr nicht und es
befremdet mich, dass er keine Milch
hat, sondern Kaffeeweißer. Dabei ist
er sonst so für Stil und Etikette.

In Bezug auf Essen & Trinken ist Frank ganz anders als andere Männer in meinem Leben. Privat ist er da geizig, während er beruflich nur die besten Restaurants und Bars aufsucht. Während ich mit Paul nur in guten Restaurants gegessen habe, wird Frank nie gehobenes Restaurant mit mir besuchen.

Die erste offizielle Beziehung mit Frank

Leider hat Frank wenig Zeit, weil er wegen seiner Kunstprojekte und dem An- und Verkauf der Bilder viel reisen muss. Ich erfahre jetzt erst, dass Frank die Galerie mit einem gewissen Dieter betreibt, Dieter und Frank sind da gleichwertige Partner. Ich hielt bisher Frank für den alleinigen Chef und bin wie so oft desillusioniert und enttäuscht. Unser Beziehungsleben ist nicht sonderlich klassisch, wir verbringen gefühlt viel zu wenig Zeit miteinander, aber die Zeit, die wir miteinander verbringen, ist sehr intensiv. Wir verschwenden keine Zeit vor dem Fernseher, wir machen immer etwas zusammen. Mittlerweile genieße ich die Morgen und Franks unbefangene Art ist ansteckend. Wir duschen an jedem Morgen, an dem wir zusammen aufwachen zusammen. Oder ich schaue Frank beim duschen zu und genieße das. Manchmal macht Frank mir morgens keinen Kaffee und ich durchschaue nach einiger Zeit das System: ich bekomme nur Kaffee, wenn Frank zufrieden mit meinen sexuellen Leistungen ist. Sobald ich irgendwas „verweigere" drängelt er nie, aber der Kaffee morgens ist grundsätzlich gestrichen. Als ich ihn darauf anspreche, dass mir die „kein-Kaffee-Bestrafung" nicht passt, tut er so, als wären das alles nur Zufälle und er selbstverständlich nicht von der Zufriedenheit mit meinen sexuellen Leistungen Kaffee für mich kocht oder eben nicht.

Während der Beziehung wird auch das Thema Zukunft unter die Lupe genommen. Frank möchte wissen, was ich mir vorstelle für mein Leben, welche Ziele ich habe, was ich verdienen möchte, warum ich kein Auto habe und bei meinen Eltern wohne. Parrallel zu Studium arbeite ich ab und an in einer kleinen Boutique, die nur die Hauptlinien einiger Top Designer wie Thierry Mugler und Dolce & Gabbana führt. Das sind die Themenkärtchen bei denen Frank Oberwasser bekommt und plötzlich zum Gönner wird. Frank kauft mir sogar einen gebrauchten Audi A3, weil er es unnormal findet, dass ich kein eigenes Auto habe.

Frank veranstaltet regelmäßig Vernissagen bei denen Künstler aus der Region, allerdings mit entsprechender Vita, ausstellen. Da darf ich nun dabei sein als Freundin des Galeristen, nicht als Künstlerin oder Fotogarfin. Nicht mal als Fotografin, die den Abend fotografisch fest hält. Bei der ersten Vernissage laufe ich auch ganz stolz

herum und erzähle jedem, dass ich
Fotografin bin. Ich spüre Franks
Verwunderung über mein Auftreten
und bin dann selbst peinlich berührt,
auch weil ich mein Revier so
abgesteckt habe. „Ich bin die
Freundin des Galeristen" bekam
jeder zu hören, ob es zur Situation
passte oder nicht.

Mein Leben soll mühelos und
beneidenswert wirken. Ich sehe
mich selbst als Glücksritter, immer
mit der Nase in die Butter fallend.
Ich spiele diese Rolle so gut, dass
ich selbst daran glaube. Und auch
Franks Verhalten nehme ich
souverän mit einem Augenzwinkern
hin oder tue so als wäre ich
souverän. Frank – leicht zu haben,
schwer zu halten! Als ich diesen
Spruch höre, lache ich zwar, weiss
aber wie wahr das ist. An anderer
Stelle lese ich, dass loslassen
weniger Kraft kostet als Festhalten
und dennoch schwerer ist. Diese
Weisheit begleitet meine Beziehung
zu Frank und bringt mich
regelmäßig zum grübeln. Und dann

kommt zwischendurch der Schock
mit dem Bewusstsein, dass ich in
meinem eigenen kleinen Kosmos
lebe und die Realität anders aussieht.

In dieser ersten Beziehungsphase, in
der es mit Frank fast normal lief, bin
ich mit meinem Studium fertig
geworden. Und Frank hat mich nach
Abschluss meines Studiums quasi
genötigt mir ein kleines Fotostudio
zu mieten, um als Fotografin
durchzustarten. Wenn ich Streit mit
Frank habe und nicht zu meinen
Eltern möchte, schlafe ich auch da.
Dafür ist es sehr gut.

Franks ehrgeizige Pläne passen nicht
so ganz mit meinem Lebenswandel
zusammen. Franks Hauptinteresse
ist seine Arbeit, die ihm Spass macht
und vorgeht. Bei mir steht die
Freizeit im Vordergrund, besonders
einkaufen und ausgehen. Ich bin
unzufrieden und unsere Treffen
werden noch seltener. Frank hat sich
angewöhnt beim Sex zu fragen, was
ich „morgen um die Zeit mache",

um dann sowieso keine Zeit zu haben. Und genau deswegen fühle ich mich nicht geschmeichelt, sondern bin gereizt, weil ich weiß, dass es nur so dahin gelabert ist.

Und dann kommt es, wie es kommen musste und noch ganz oft kommen wird. Ich betrete am frühen Abend ein exklusives italienisches Restaurant, wo ich Fotos machen sollte, vermittelt durch Frank selbst. Und ganz romantisch und turtelnd sitzt Frank mit einer Brünetten in einer Ecke. Die Frau sieht irgendwie wie eine Karikatur aus und himmelt Frank an. Sie ist um einiges älter als er. Als Frank mich sieht, steht er auf, sagt leise zu mir, sie sei eine Kundin, ich soll bitte keine Szene machen und geht weiter auf die Toilette. Ich brodele innerlich und kann mich kaum auf das Gespräch bezüglich der Fotos konzentrieren. Dass ich doch einen Auftrag bekommen habe, schiebe ich darauf, dass ich dem charmanten Inhaber gefalle. Vielleicht ist seine

Sympathie für mich auch nur
Mitleid.

Später klingele ich bei Frank, aber
keiner macht mir auf. Da Franks
Wohnung sich im Hinterhaus
befindet, sehe ich nicht, ob er
zuhause ist, noch unterwegs ist oder
bei dieser Frau. Letzteres wäre auch
nur Spekulation. Aus Vernunft fahre
ich in mein Atelier. Da liege ich die
ganze Nacht wach auf meiner
Matratze und mein Kopfkino treibt
mich in den Wahnsinn. Mit der
Morgendämmerung werde ruhig und
schlafe doch noch ein. Wieder wach
mache ich mich sofort auf den Weg
in die Galerie, aber Frank ist nicht
da. Da ich keine Idee habe, wo
Frank sein könnte, warte ich den
Abend ab und klingele dann bei ihm,
er ist nicht da und öffnet nicht, an
sein Handy geht er sowieso nicht
mehr, wenn ich anrufe. Meinen
nächsten Versuch Frank anzutreffen
mache ich morgens um 6 Uhr bei
ihm zuhause. Er drückt mir die Tür
auf, völlig verschlafen steht er in der

Tür als ich nach oben stürme und
fragt, was so dringend sei. Ich will
wissen, was Sache ist, wo er die
letzten Tage war und die
dringlichste aller Fragen: ob er
alleine ist. Frank schüttelt nur
genervt den Kopf und fordert mich
auf, rein zu kommen und mich
schlafen zu legen. Kaum liege ich
im Bett nimmt Frank mich von
hinten, kommt sehr schnell und
schläft ein. Das war unser 1. Sex
ohne Küssen. Ich bin trotzdem
zufrieden, Franks ruhiger Schlaf
beruhigt mich und ich schlafe
ebenfalls ein. Eine Sache, die
wirklich bewundernswert an Frank
ist, ist dass er so gut abschalten
kann.

Eine Stunde später klingelt Franks
Wecker, er steht auf, macht sich
einen Kaffee, mir nicht, und ich
bleibe einfach im Bett liegen. Frank
steckt kurz den Kopf zum
Schlafzimmer rein und fordert mich
auf, aufzustehen, Zeit zu gehen. Die
Verabschiedung fällt knapp aus, ich

bin unzufrieden, außer „ich habe keine Zeit" hat er mir nichts zu sagen. Also schlage ich abends wieder bei ihm auf. Ich klingele, Niemand macht auf. In dem Moment öffnet sich die Tür, weil ein anderer Besucher das Haus verlässt, ich nutze die Gelegenheit und betrete das Haus. Ich möchte Gewissheit, dass Frank nicht zuhause ist. Ich gehe in den Hof und schaue nach oben Richtung 2. Stock, wo Franks Wohnung liegt. Die Abenddämmerung hat bereits eingesetzt und jemand hat Licht eingeschaltet, das Licht taucht die Wohnung in einen warmen Ton und ich wünschte, ich wäre da oben. Ich sehe, dass sich jemand bewegt. Adrenalin schießt mir in die Adern, ich gehe wieder vom Hof ins Haus und die Treppe nach oben. Ich bin so aufgeregt, dass ich befürchte Durchfall zu bekommen, in meinem Magen-Darm-Trakt rumort es ganz gewaltig. An Franks Tür angekommen atme ich noch einmal durch und hoffe, dass er sich freut, mich zu sehen. Durch die geschlossene Wohnungseingangstür höre ich gedämpfte Musik, es läuft Sades „Smooth Operator". Ich klingele und warte ab. Nichts passiert. Ich klingle erneut und warte ab. Ich fange an, Entschuldigungen zu finden, warum Frank mir nicht öffnet. Vielleicht duscht er und er kann ja nicht wissen, dass ich vor der Tür stehe. Ich presse mein Ohr gegen die Wohnungseingangstür und versuche so, mitzubekommen, was in der Wohnung vor sich geht. Ich höre Schritte und gebe meinem Reflex gegen die Tür zu klopfen nach. Ich realisiere, dass ich ignoriert werde und aus dem klopfen wird ein hämmern. Wut steigt in mir auf. So kann er doch nicht mit mir umgehen! Eine Nachbarin kommt aus ihrer Wohnung und fragt mich, was los ist. Ich sage ihr, dass ich mir Sorgen mache, weil Frank, mein Freund, nicht öffnet. Ich äußere die Befürchtung, das er gestürzt ist oder einen epileptischen Anfall hatte. Mir ist jede Lüge recht, um mich als besorgte Freundin da stehen zu lassen. Die Nachbarin ruft die Polizei an und es kommt auch innerhalb weniger Minuten ein Streifenwagen. Ich erkläre dem Polizisten meine Sorgen, also genauer gesagt, dass ich besorgt bin, weil Frank Epileptiker ist und ich befürchte, er könne einen Anfall in der Badewanne gehabt haben, meine Fantasie kennt da gerade keine Grenzen. Der Polizist klingelt dann selbst bei Frank und Frank öffnet. Frank sagt dem Polizisten, dass ich einfach aufdringlich und distanzlos wäre und er seine Ruhe wollte. Die Nachbarin wird zurück in ihre Wohnung geschickt und der Polizist begleitet mich aus dem Haus. Wortlos. Aber ich spüre seine Geringschätzung. Er geht zum Streifenwagen und ich sehe den fragenden Blick seines Kollegen. An der Körpersprache des Polizisten, der im Haus war, sehe ich, dass ich jetzt für die beiden eine aufdringliche, übergriffige und

ungewollte Frau bin, die nervt, weil
man sie nicht möchte.

Ernüchtert und gedemütigt vor
Zeugen gehe ich in mein Atelier
zum heulen. Nichts klappt so, wie
ich es mir vorgestellt habe. Ich
weine mich in den Schlaf und fühle
mich unglaublich alleine. Panik
steigt in mir auf. Frank möchte mich
nicht. Und ich kann die Miete für
mein Atelier nicht bezahlen. Das
machen meine Eltern für mich. Ich
bin in alle Richtung abhängig.
Meinen Freundinnen, die als
Bürokauffrau im Call Center sitzen
oder sonstwo knapp 10 Stunden
festhängen bei der Arbeit, spiele ich
die schöne erfolgreiche unabhängige
Fotografin vor. Meine
Designerroben sind alte Geschenke
von Paul und meinen Eltern oder
Gaben meiner Chefin in der
Boutique. Ich erzähle, dass ich dort
nur aus Gefälligkeit arbeite, in
Wirklichkeit verdiene ich da mein
Taschengeld, dass ich brauche um
wenigstens ansatzweise am

gesellschaftlichen Leben teil zu nehmen.

Mir geht durch den Kopf, dass in Fernsehserien nie das realistische Leben gezeigt wird. Immer haben alle das Glück, Geld geerbt oder gewonnen zu haben. Selbst Simone Thomalla bekommt als Dorfhelferin ein Haus vererbt, damit sie so lange sie möchte da wohnen bleiben kann. Total unrealistisch! In keiner Serie wird gezeigt, wie es bei den meisten wirklich ist. Das fing schon bei Derrick an.

Der Kampf um Anerkennung

Wenn sich so über mich nachdenke, sehe ich Parallelen zu Kate Moss bei mir. Ich frage mich, ob ich eine ähnliche Karriere hätte, wenn man mich auch erkannt und gefördert hätte. Ich bin in diesen Momenten überzeugt, dass ich genau so viel Ausstrahlung habe und genau so viel kann.

Gleichzeitig verstehe ich Franks dauerndes „kann man 'was draus machen" nicht. Ich denke dann nur, dann mach' DU doch 'was daraus. Das liegt vermutlich auch daran, dass ich wirklich nicht weiß, was Frank meint. Frank sagt das zu allem, was irgendwie um mich ist.

Von Paul habe ich gelernt, dass die Leute nicht merken dürfen, dass man das Geld, das man an Ihnen verdient, braucht. Und Networking ist irgendwie überhaupt nicht mein Ding. In meinem Fall heisst das, dass meine gesamte Kundschaft aus Gefälligkeiten der Eltern und Liebhaber besteht. Ich habe weder einen Businessplan, noch schalte ich Werbung. Ich habe auch gar kein Geld übrig für so etwas. Ich glaube, dass das Schicksal es gut mit mir meint und vertraue darauf. Nach Albert Einstein die reinste Form des Wahnsinns: Alles beim Alten belassen und hoffen, dass sich etwas ändert. Aber genau das ist mein Ding....

Es regnet passend zu meiner
Stimmung. Meine Freundin Isabel
besucht mich in meinem Atelier. Sie
versucht, mich in unser Stammlokal
zu locken, einer Kneipe im Stil eines
leicht abgeranzten Pariser Cafés. Ich
möchte nicht unter Leute. Ich fühle
mich scheiße und hässlich und
spreche das auch aus. Mir laufen die
Tränen herunter. Isabel meint, wenn
ich heule, weil ich mich äußerlich
unattraktiv finde, dass ich sie noch
hässlicher finde und bemerkt:
„Wenn Du heulst, weil Du dich so
hässlich findest, will ich gar nicht
wissen, wie Du mich findest." Ich
trockne meine Tränen mit einem
Handtuch und entgegne, dass es mir
scheißegal ist, dass sie zu fett und
hässlich ist, mein Problem sei mein
eigenes Äußeres. Dann gebe ich mir
einen Ruck, ziehe Gummistiefel an,
sehr stylishe, die aussehen wie
Bikerboots, aber halt Gummistiefel
sind. Ich darf auf keinen Fall nasse
Füße bekommen, da nasse Füße
meine Laune extrem senken. Mit

Jeans, grobem Strickpulli und
Lederjacke folge ich nun Isabel „auf
wirklich nur 1(!) Bier!". In unserem
Stammlokal sitzen wir
nebeneinander auf der Bank wie im
Zug und beobachten die Leute, ich
entspanne mich langsam. Als Isabel
zur Toilette geht, spricht mich der
Mann zu meiner Rechten an (Isabel
saß links). Obwohl wir nur 30 cm
voneinander entfernt sitzen, bemerke
ich ihn erst jetzt. Ein traumhaft
schöner Mann, der mich an das
amerikanische Schönheitsideal
erinnert: blond, braun gebrannt,
perfekte Zähne. Wie so ein College-
Boy, der Tennis spielt. Obwohl er so
clean und gesund wirkt, bestellt er
sich einen Amaretto als die
Kellnerin unser Gespräch schon zu
Beginn unterbricht.

Den Amaretto empfinde ich als
Abtörner, und auch, dass er seinen
Amaretto sofort bezahlt. Außer, was
wir noch machen, hat er nichts
gefragt. Ich habe rumgedruckst. Um
das Gespräch doch noch in Gang zu

bringen, frage ich ihn, woher er
kommt, denn er hat tatsächlich einen
amerikanischen Akzent. Kentucky!
„Kentucky schreit...." rutscht mir
‚raus, ich stocke und beende den
Satz mit „fried chicken". Er
entgegnet sichtlich amüsiert „Oh,
das habe ich hier in Deutschland
schon anders gehört!" mit so richtig
charmantem amerikanischen Akzent
und schaut mir dabei tief in die
Augen. Ich möchte ihn
kennenlernen!! Und dann kommt
Isabel zurück zum Tisch, er ext
seinen Amaretto, nennt eine
Billiard-Spelunke als sein nächstes
Ziel und ist weg. Ich bin enttäuscht
und würde ihm am liebsten folgen,
obwohl er gar nicht fragt, ob wir
mitkommen, kein Getränk
ausgegeben hat und auch nicht
vorgeschlagen hat, zusammen in
diese Spelunke zu gehen. Isabel hat
sich in der Zwischenzeit mit ihrer
Schwester per SMS ausgetauscht,
die mit Freunden in einer angesagten
Cocktailbar im Stil der 70er ist, und
Isabel braucht mich gar nicht zu

überreden, auch da noch etwas trinken zu gehen. Ich habe plötzlich keine Lust mehr, alleine zu sein. Isabel und ich zahlen, verlassen unsere Stammkneipe und laufen über das verregnete Kopfsteinpflaster zu der Cocktailbar, wo ihre Schwester und deren Freunde auch schon auf uns warten. Ich bin das erste Mal in dieser Bar und muss mich erst mal orientieren. Mittlerweile bin ich in Partystimmung, wenn auch in völlig falschem Outfit. Ich bestelle mir einen Long Island Ice Tea. Eine absolut schlechte Entscheidung, da ich grundsätzlich nicht viel Alkohol vertrage und so gar nicht trinkfest bin. Der Alkohol tut seine Wirkung und steigt mir schnell zu Kopf, plötzlich verspüre ich Lust, tanzen zu gehen. Kaum habe ich kundgetan, dass ich tanzen gehen möchte und der Gros der Truppe lieber nach Hause möchte, mischt sich ein Mann, den ich bis dahin gar nicht bemerkt habe ins Gespräch ein. Er schlägt uns vor, in einem angesagten

Club eine siebziger Jahre Party zu besuchen. Passt! Also machen wir noch einmal auf den Weg über das verregnete Kopfsteinpflaster in Richtung des besagten Clubs. Kurz nüchtern aufgrund der Nässe und Kälte, überlege ich, ob ich mit meinen Gummistiefeln überhaupt an den Türstehern vorbeikomme oder der Abend für mich vor dem Club endet. Doch dann gebe ich mich meinem Alkoholrausch hin und folge Isabel und dem schönen fremden Mann mit dem wunderbaren französischen Akzent durch die Nacht. In dem Club angekommen kommen wir problemlos rein. Patrick, so heißt der schöne Fremde, fragt ob wir etwas trinken möchten, ich trinke einen weiteren Long Island Ice Tea und werde plötzlich schüchtern. Ich merke, dass ich mittlerweile zu betrunken zum Tanzen bin. Isabel raunt mir ins Ohr, ich solle mich einfach amüsieren. Irgendetwas von einfach leben faselt sie und schubst mich in Richtung Patrick. Patrick ist

sichtlich amüsiert und hat
offensichtlich auch verstanden, was
Isabel zu mir gesagt hat. Er flüstert
mir ebenfalls ins Ohr, ich solle leben
und mich amüsieren, mich mit ihm
amüsieren.

Dann lasse ich mich einfach treiben
zu der Musik der Siebziger, erst
tanze ich, dann stolpere ich über die
Tanzfläche bis mir schlecht wird
und ich merke, dass ich müde bin.
Abrupt gehe ich wieder zu Isabel
und sage ihr, dass ich ein Taxi ins
Atelier nehmen möchte, weil ich
einfach nicht mehr kann. Sofort ist
Patrick zur Stelle und möchte mit.
Als ob nicht alles schon grotesk und
verrückt genug wäre an diesem
Abend. Ich muss vielleicht
hinzufügen, dass ich noch nie einen
One-Night-Stand hatte, nicht mal
spontan mit jemanden geknutscht
habe und eigentlich Männern
gegenüber zwar auf der Suche nach
Anerkennung bin, aber bei der
Erstbegegnung lieber die Lage
checke als mich fallen zu lassen.

Warum auch immer schubst Isabel
mich in Patricks Arme, wir verlassen
den Club und statt zum Taxistand
gehen wir zu Patricks Fahrrad. Trotz
meines Zustands nehme ich auf der
Querstange des Fahrrads Platz und
Patrick fährt los. Dann fragt er, wo
ich wohne und ich erwidere, dass ich
lieber zu ihm möchte oder alleine
nach Hause, jedenfalls, dass ich
nicht möchte, dass er mit zu mir
nach Hause kommt. Im Nachhinein
habe ich keine Ahnung, wie es dazu
kam, aber Patrick und ich fahren auf
seinem Fahrrad zu mir ins Atelier
und ich nehme Patrick mit hinein.
Und schon wieder eine Schwankung
meines Bewusstseins und meiner
Stimmung: mir erscheint Patricks
Gesellschaft jetzt selbstverständlich.
Ich schalte gedämpftes Licht ein,
mache Musik an und Patrick schaut
sich um. Er kommentiert meine
CDs, ich bin ein großer Bad
Religion Fan (im Herzen Punk!!),
lobt meinen Musikgeschmack und
dann kommt er zu mir. Er küsst
mich und ich vergesse alles um mich

herum. Alles um mich herum
verschwimmt und als ich das
nächste Mal bei vollem Bewusstsein
bin, merke ich, dass ich nur noch
meine Gummistiefel anhabe. Die
Frage, wie es passieren konnte, dass
ich nackt bin bis auf die
Gummistiefel lenkt mich vom
Geschehen ab und ich bin plötzlich
nicht mehr bei der Sache. Patrick
bekommt das sofort mit und zieht
mich zu meiner Matratze, die unter
meinen großen Arbeitstisch liegt.
Wir küssen uns weiter und Patrick
rutscht mich küssend immer weiter
runter über meine Brüste, über
meinen Bauch in meinen Schritt, es
fühlt sich alles angenehm an. Da ich
volltrunken und müde bin, besitze
ich die Unhöflichkeit einzuschlafen.
Und ich schlafe durch. Am nächsten
Morgen wache ich auf bemerke im
Tageslicht, wie hübsch Patrick nach
wie vor ist, verstecke mich wieder
unter der Decke. Es gibt nur eine
Decke, die ich mir mit Patrick aber
offensichtlich problemlos geteilt
habe. Nun hoffe ich, dass er einfach

geht. Während ich da so liege, werde ich immer wacher und wacher und Patrick macht keine Anstalten, aufzustehen und zu gehen. Da ich nicht abschätzen kann, ob ich stinke, Mundgeruch habe oder überhaupt irgendetwas mit mir nicht schön ist, warte ich mit geschlossenen Augen weiter darauf, dass er geht. Als ich zu wach werde, um mich weiter schlafend zu stellen, schaue ich doch auf die Uhr und sehe, dass es schon 16:00 Uhr ist, aber Patrick überhaupt keine Anstalten macht, zu gehen. Stattdessen haben wir jetzt Sex und ich bin erstaunt, wie gut es ist. Wir lachen, wir haben Spaß, ich habe vergessen, dass ich nicht gut riechen könnte... und irgendwann geht Patrick dann doch. Ich nehme eine Katzenwäsche vor und verlasse dann auch mein Atelier. Auf dem Weg nach draußen sehe ich, dass mein Büronachbar auch da ist, und es fällt mir siedend heiß ein, dass ich auf einen Kaffee zu ihm kommen wollte, um eine Zusammenarbeit bezüglich meiner Fotoarbeiten und

seiner Tätigkeit als
Immobilienmakler zu besprechen.
Ich gehe also rüber und entschuldige
mich für meine Verspätung.
Lachend fragt er mich, ob ich alleine
bin. Über meine Gegenfrage, warum
denn nicht, lacht er nur noch mehr
und sagt, es hörte sich eben nicht so
an als seist du alleine, ich merke,
wie ich rot werde.

Das Gespräch ist mir peinlich und
ich vertage unser Geschäftsgespräch
auf ein anderes Mal. Dann fahre ich
erst mal nach Hause sozusagen, also
in mein Elternhaus, um da ausgiebig
der Körperpflege nachzugehen und
mich auch noch einmal auszuruhen.
Frisch gewaschen, gecremt und
entspannt, rufe ich Isabel an, um ihr
mitzuteilen, wie die Nacht und der
Morgen verlaufen sind und wie
meine Stimmung ist = fröhlich!
Isabel erzählt mir, dass sie auch
schon mit ihrer Schwester telefoniert
hat und wie sie erzählt, ist ihr
langjähriger Freund Marc mit
Patrick befreundet. Und wenn

Patrick und ich uns so gut verstehen,
hätte man auch schon viel früher
haben können. Bei Isabel und ihrer
Schwester herrscht jetzt schon
euphorische Stimmung über das
neue Traumpaar. Da fällt mir ein,
dass Patrick mich nicht mal nach
meiner Nummer gefragt hat und ich
bin resigniert. Als ich das Isabel
mitteile, sagt sie mir, dass Patrick
bereits bei Isabels Schwager Marc
angerufen hat und ihn nach meiner
Nummer gefragt hat. Gebrandmarkt
durch Frank denke ich, wer weiß ob
er sich meldet, und ob er sich heute
meldet und die Dreitagesfrist und
weiß der Geier was und überhaupt
gehen mir durch den Kopf, bleibe
aber total entspannt. Völlig wider
Erwarten klingelt eine halbe Stunde
nachdem Isabel aufgelegt hat mein
Telefon und Patrick ist dran. Mit
dem Hinweis, dass wir uns jetzt
zwar auf komische Art und Weise
kennen gelernt haben, er mich aber
gerne noch klassisch kennen lernen
würde, fragt er mich, ob wir nicht
zusammen ins Kino gehen. Wir

gehen am gleichen Abend ins Programmkino und gucken einen französischen Film über einen Hund. Danach gehen wir in eine Szene Kneipe in der Nähe meines Ateliers und trinken Cocktails. Wie sollte es auch anders sein, landen wir dann wieder in meinem Atelier und es läuft ähnlich ab, nur dass ich nicht einschlafe. Patrick bekommt keine Erektion, hat aber selber zu meinem völligen Erstaunen gar kein Problem damit. Auf mein Nachfragen sagt er, dass er nie eine Erektion bekommt, wenn er getrunken hat. Ich erwidere leicht gereizt, dass er dann eben Cola Light trinken soll, mache mir aber keine weiteren Gedanken und schlafe ein. Anders als ich es von Frank gewohnt bin, meldet sich Patrick täglich. Es ist zu unserem normalen Programm geworden, dass wir uns in der Szene Kneipe in der Nähe meines Ateliers zu treffen, um etwas zu trinken, dann in mein Atelier zu gehen. Was mir erst später auffällt, ist, dass Patrick seit meiner Reklamation Cola Light trinkt. Leicht peinlich berührt über meine eigene Bemerkung registriere ich, dass er tatsächlich auf meinen Wunsch hin Cola Light trinkt und das macht mir ein schlechtes Gewissen.

Nach drei unbeschwerten Wochen mit Patrick meldet sich plötzlich Frank. Er hätte mit mir gespielt, vielleicht auch ein bisschen zu viel, jetzt vermisst er mich, und seine Entscheidung sich von mir abzuwenden, war viel zu verfrüht. Bähm! Und obwohl Patrick auch durch seine charmante liebevolle Art einen Nerv bei mir getroffen hat und ich mich sehr wohl mit ihm gefühlt habe, wir eine gute Stimmung hatten, er zuverlässig ist, wir eine gute Zeit hatten, bin ich sofort wieder von Frank infiziert und sage Patrick das ich ihn nicht mehr sehen möchte, weil ich lieber zurück zu meinem Ex möchte, das wäre mir klar.

Nächste Runde

Es herrscht große
Wiedersehensfreude zwischen Frank
und mir. Ich mache ihm überhaupt
keine Vorwürfe, es war als ob ich
nie weg gewesen wäre. Patrick ist
sofort vergessen und auch der
Auftritt vor der Polizei, die
Demütigungen, alles ist sofort
vergessen. Ich fühle mich am Ziel
meiner Träume, da ich Frank wieder
habe.

Aber auch diese Episode, in der
Frank wenig Zeit hat, ich viel darauf
warte, dass er sich endlich meldet, er
morgens früh raus muss und abends
spät da ist, und zwischendurch ganz
weg und nicht erreichbar ist, hat
schon wieder ein schnelles Ende.
Das Ende wird nicht so richtig
ausgesprochen, aber ich merke wie
er mir mehr und mehr wieder
entgleitet. Da ich ihn aber einfach
nicht loslassen möchte, ignoriere ich
seine Vorträge, dass er kein Typ für
Beziehungen ist. Und finde als
Lösung für mich, damit ich nicht

allein zu Hause oder im Atelier sitze
und auf Frank warte, dass ich mir
aus Trotz auch einfach eine
Liebschaft suche. Das klappt besser
als gedacht: Schwubbeldiewupp
treffe ich in einem angesagten
Lokal, einem Restaurant mit Bar, wo
viele Geschäftsleute nach der Arbeit
sind, Carlo. Ich bin in dieser Bar mit
meiner Freundin Verena verabredet,
die zusammen mit ihrem Mann und
dessen Kollegen einen After Work
Drink einnehmen möchte und mich
gefragt hat, ob ich nicht auch Lust
hätte, vorbeizukommen. Ich stimme
zu, das Wetter und meine Laune
sind erst mal unterirdisch. Ich trage
ein altes Paar Stiefel, weil ich mir
keine guten Schuhe in dem
Scheißwetter ruinieren möchte. Ich
sitze wie ein begossener Pudel an
der Bar, weil Verena mir viel zu spät
eine SMS geschrieben hat, dass sie
zu spät dran ist. Während ich auf die
Meute warte, sehe ich im Spiegel
wie ein traumhaft schöner, perfekt
gekleideter Mann das Lokal betritt.
Ich bin geflasht von seinem

Äußeren: trotz des Schmuddelwetters betritt er die Bar wie aus dem Ei gepellt. Erst sehe ich ihn in dem Spiegel der Spirituosenfächer hinter der Bar, dann drehe ich den Kopf und er lächelt mich an, und zwar so, als ob wir verabredet wären. Obwohl wir uns noch nie vorher gesehen haben, setzt er sich ganz selbstverständlich zu mir, wir kommen sofort ins Gespräch, wir haben keine Distanz. Irgendwann als wir ins Gespräch vertieft sind, kommt auch Verena mit ihrem Mann und dessen Kollegen. Wir begrüßen uns kurz und höflich, aber ich habe kein wirkliches Interesse an der Gruppe mehr. Mit Verenas Mann bin ich eh nie sonderlich warm geworden und es hat mir sowieso nicht gepasst, dass sie mich da alleine sitzen lassen haben. Verena hätte auch vor ihrem Mann kommen können, ist sie aber nicht. Die Meute ist total interessiert an meinem Gespräch mit Carlo, so heißt der schöne Fremde. Als er mir Komplimente macht, wird auch

noch pubertär kommentiert aus der
Meute, dass man nicht gedacht hätte,
dass ich auf so etwas stehe. Dabei
bin ich völlig fasziniert als Carlo
sagt, wenn er mir in die Augen
geschaut, dann sieht man etwas,
nicht die die Leere wie in seinem
Sekretariat und ich bilde mir ja eh so
viel auf meine Augen ein. Carlo ist
kein Aufschneider, er lässt mich
reden, ich tue es ein bisschen ab,
dass er auch fotografiert, aber habe
irgendwie sofort auch einen Narren
an ihm gefressen. An diesem Abend
verlassen wir gemeinsam das Lokal,
aber nicht um über einander
herzufallen oder irgendwas in der
Richtung, sondern er bringt mich
zum Taxistand. Da ich mich vorher
als tolle Künstlerin mit eigenem
Atelier ausgegeben habe, kann ich
mir ja jetzt nicht die Blöße geben, in
den Bus zu steigen. Auf dem Weg
zum Taxistand fühle ich mich total
beschwingt. Er hat mir seinen Arm
angeboten, an dem ich mich
eingehakt habe und es ist alles so
selbstverständlich, leicht und

fröhlich, als ob wir schon Jahre
zusammen wären. Am Taxistand
küsst mich auf die Wangen und
verabschiedet sich, ich bin
begeistert, halte ihn aber irgendwie
auch für einen Möchtegern, der
nichts Richtiges macht und seine
Anmerkung, dass er auch
fotografiert, tue ich als Hobby ab
und halte ihn eigentlich für ein
Lebenskünstler. Er korrigiert mich
bei keinem Thema, erklärt mir nicht
das Leben oder was er macht, aber
später sollte ich erfahren, dass er der
neue Professor für Kunstgeschichte
ist (mit 38 Jahren), und dass er noch
gleichzeitig eine Galerie leitet und
selbst schon als Foto Künstler unter
einem Pseudonym Ausstellungen
gehabt hat. Und nicht wie ich im
elterlichen Wohnzimmer, sondern in
Galerien in Hasselt, Genf, Como
und Frankfurt. Ich bin zwei Wochen
später peinlich berührt als er eine
Rede zu einer
Ausstellungseröffnung in der
Staatsgalerie hält und ich realisiere,
dass er Professor an meiner Uni

geworden ist, nachdem ich schon nicht mehr da war. Sein Kommentar als ich ihn gefragt habe, warum er mir nicht erzählt hat, was er macht, als ich ihm gesagt habe, dass ich keine Lust hätte, mich mit ihm über Fotos zu unterhalten, hat mich schwer beeindruckt. Er sagte, er habe keine Profilneurose. Dass er mit 38 Kunstprofessor ist, selber schon ausgestellt hat als Fotograf und eine bedeutende Galerie leitet empfinde ich als außergewöhnlich. Und das Understatement dazu ist ebenfalls außergewöhnlich. Und er sieht dabei aus wie gephotoshopped.

Leider möchte er keine feste Beziehung, sondern lediglich Treffen mit mir. Dann ist er auch ganz präsent, aber irgendwie auch nicht zu packen. Er spricht auch nicht aus, dass er keine Beziehung mit mir möchte, aber ich habe das Gefühl, obwohl wir uns so nah sind, dass er nicht möchte. Ich kann das gar nicht so richtig an Etwas fest machen. Vollkommen beeindruckt davon, was er ist, was er kann und dabei auch noch so unwahrscheinlich gut aussieht und perfekt gekleidet ist, merke ich, dass ich einfach oberflächlich bin. Ich kann es einfach nicht anders sagen. Und ich habe das Bedürfnis, ihn Frank zu zeigen mit dem Hintergedanken „guck mal, was ich auch haben kann". Carlo sieht deutlich besser aus als Frank, er ist einfach ein schöner Mann der seinen Trainings- und Ernährungsplan einhält, perfekt gekleidet, perfekt maniküert. Und ich kann mich nicht beherrschen und gehe mit ihm in Franks Galerie unter dem Vorwand, ihm da eine Lithographie zeigen zu wollen, um seine Meinung dazu zu hören. Aber meine eigentliche Motivation ist, mich vor auf Frank zu profilieren. Und Frank ist großzügig bei meinem Auftritt mit Carlo. Frank bestätigt mir, dass Carlo ein sehr toller attraktiver schöner gebildeter Mann ist. Ich bin baff über Franks Souveränität. Und weil Carlo mich einfach machen

lässt und Frank sich eh nicht
wirklich für mich interessiert und oft
keine Zeit hat, treffe ich mich so wie
jeweils einer von beiden Zeit hat, im
Wechsel mit beiden. Frank fragt gar
nicht nach Carlo, nur ob der Kontakt
noch besteht. Carlo, mit dem der Sex
vom ersten Mal an der absolute
Wahnsinn ist, und mir wirklich so
derbe Redewendungen durch den
Kopf gehen wie „der bumst mir
noch das letzte bisschen Verstand
weg", ist nicht so souverän in Bezug
auf Frank. Er fragt mich manchmal,
wenn wir auf seinem Bett liegen,
was ich an Frank finde und ich
wundere mich selbst, wenn ich
meine Stimme höre, über meine
Aussage, Frank sei gutaussehend,
habe einen tollen Stil hat und sei wie
ich Bohemian. Und dabei selbst
innerlich lachen muss, weil ich
merke, dass Carlo in allem besser
ist, alles besser kann und mehr weiß,
er kann dann noch aus dem
Handgelenk sehr gut kochen kann
und aussieht wie ein Model.
Trotzdem würde ich Frank

bevorzugen, wenn Frank mich
wollte. Die ganze Scheiße mit den
Beiden dauert vier Jahre. Nach vier
Jahren wollen mich beide nicht
mehr. Ich bin resigniert und
überrede meine Eltern, mir die
Möglichkeit zu geben eine
Fortbildung zu machen,
beziehungsweise ein Praktikum zu
machen bei einem Fotografen in
Amsterdam. Amsterdam ist weg
ziehen für Feige. Man kommt auch
mit Englisch aus, ohne
Niederländisch lernen zu müssen
und die Stadt hat eine gewisse
Exotik, man kann aber jederzeit
nach Hause fahren. Ich mache also
ein halbjähriges Praktikum bei
einem Amsterdamer Fotografen und
kehre dann zurück nach Hause,
mittlerweile habe ich nicht mal mehr
ein Atelier und wohne wieder bei
meinen Eltern.

An einem eher langweiligen Abend
in einer Bar, die mir eigentlich nicht
zusagt wegen des uncoolen
Publikums und der Mischung aus

Möchtegern und Ballermann, lerne
ich Stephan kennen. Ich bin mit
Tanja, die auch schwierig ist,
unterwegs. Eigentlich habe ich keine
Lust, mich mit ihm zu befassen, aber
Tanja sagt, ich solle ihm meine
Nummer geben, sonst täte sie es...
Notgedrungen schreibe ich meine
Telefonnummer auf einen
Bierdeckel und gebe ihn Stephan. Er
freut sich total und ist auch sehr
aufgeregt und hibbelig. Am nächsten
Tag ruft Stephan mich an und ich
wimmele ihn ab, aber er bleibt
beharrlich und schließlich gebe ich
nach und verabrede mich mit ihm.
Wir treffen uns im Park, essen Eis
und füttern Enten – total romantisch
und Stephan erzählt mir, dass er sein
Studium der Zahnmedizin
abgeschlossen hat und schon in
wenigen Wochen in Marrakesch
arbeiten wird. Ansonsten ist es wie
im Rausch mit Stephan und ich
entschließe mich, ihn nach
Marrakesch zu begleiten, nachdem
er laut überlegt hat, nicht nach
Marrakesch zu gehen, um bei mir zu

bleiben. Mein Wunsch, lieber mit Stephan nach Marrakesch zu ziehen als das Stephan bei mir bleibt, wird erfüllt. Im Gegensatz zu Stephan habe ich nichts zu verlieren und ebenfalls eine neue Chance, zumindest für mein Privatleben. Wäre ich 50 Jahre früher geboren, wäre Zahnarztfrau besser als heute Spielerfrau.

Für mich bedeutet der Umzug nach Marrakesch mit Stephan die endgültige Trennung von Frank. Und er bedeutet ein echter Neuanfang in ganz vielen Dingen. Neue Beziehung, neues Land, neue Sprachen und ein neues Betätigungsfeld. Und das ohne Druck! Denn Stephan kennt meine Situation und verdient genug und ist altmodisch genug, mich ernähren zu wollen. Trotzdem ist es nicht von Dauer. Ich kann nicht mal sagen, warum es hat nicht geklappt hat, ich bin einfach nicht angekommen, weder bei Stephan noch in Marrakech.

„Ich bin wieder hier, in meinem Revier, war nie wirklich weg…"
(so drückte es Marius Müller-Westernhagen mal aus)

2007, im Jahr des Börsencrashs, der Entdeckung des Betongoldes, als Rolex von der Uhr zur Kapitalanlage mutiert, verschollenes aus allen Bereichen in Scheunen gefunden wird und auch die Kunst ein Investment wird, ziehe ich wieder in mein Elternhaus.

Zurück bei meinen Eltern führt mich mein erster Weg wieder zu Frank. Wir verabreden uns, um noch mal über alles zu sprechen, ich sage Frank, ich bräuchte das, um alles zu verarbeiten und abzuschließen. Schon im selben Moment merke ich, dass meine Absichten anders sind. Frank gibt sich ablehnend, sagt mir, dass er jetzt eine neue Freundin hat, eine Frau mit eigenem Leben, eigenem Beruf, die vermutlich sogar mehr verdient als er, aber auch ein

bisschen älter ist und keinen
Kinderwunsch mehr hat. Ist mir
egal. Ich versuche, wieder einen Fuß
in Franks Leben zu bekommen. Und
Frank versucht wie ein Vater, mir
seine Variante von normalem Leben
näher zu bringen. Er kritisiert meine
Kleidung und meine Wohnsituation.
Wir nähern uns menschlich wieder
an, haben keinen Sex und Frank hat
die Rolle meines Mentors
übernommen, was mir auch recht ist.
Er mietet mir wieder ein Atelier an,
beziehungsweise verschafft mir
einen Raum in der Nähe seines
Ateliers in einem Hinterhaus mit
Oberlicht. Dabei handelt es sich um
die ehemalige Wurstküche eines
Metzgers, die zwischendurch
einfach nur als Lager diente. In der
Metzgerei ist nun ein Büro. Durch
die Oberlichter habe ich perfektes
Licht. Frank verschafft mir über
seine Kunden und Kontakte kleinere
Aufträge, so kann ich zum Beispiel
für den ein oder anderen Club und
für das ein oder andere lokale
Geschäft Fotos machen. Er

verschafft mir auch Aufträge als Hochzeitsfotografin, wo er sich fürchterlich über mich aufregt, dass ich wesentlich weniger Honorar als die anderen Fotografen verlange. Ich denke aber, da ich keine Reputation habe, ich müsste das, um an den Auftrag zu kommen. Das Ergebnis ist Unzufriedenheit auf allen Seiten: den Hochzeitspaaren gefallen meine Fotos nicht, mir gefällt mein Honorar nicht und Frank macht mir Vorhaltungen, dass ich alles viel zu billig mache. Über Frank bekomme ich auch meinen ersten richtigen und vor allem regelmäßigen Auftrag. Ich darf für das Theater Fotos machen von den Vorführungen und von den Schauspielern, das heißt, dass ich von jedem Theaterstück während einer Aufführung Fotos mache und von jedem einzelnen Schauspieler. Davon kann ich zwar nicht leben, habe aber ein regelmäßiges Einkommen. Aber ich wohne bei meinen Eltern und mein Atelier zahlt Frank, das heißt für mich, dass

ich mir von meinem Geld Prada
Schuhe kaufen kann.

2010

Ich habe mir angewöhnt, relativ
häufig bei Frank anzurufen. Frank
reagiert mal freundlich, mal gar
nicht. Franks Beziehung habe ich
mal wieder völlig ausgeblendet. Ich
bin zu tiefst erschüttert als ich Frank
samstags nachmittags anrufe und er
nicht ran geht. Seine Galerie ist
geschlossen, ich weiß von seinem
Kompagnon, dass er sozusagen
Freizeit hat. Frank hat keinen
Termin, nichts vorzubereiten, er hat
Wochenende und geht zum
verrecken nicht an sein Telefon. Ich
bin außer mir und rufe immer wieder
bei ihm an. In meiner Verzweiflung
melde ich mich auch bei Isabel, die
bei mir vorbeikommt und mich
trösten möchte. Das Einzige, was
mich kurz zum Lachen bringt, ist
das Isabel „Verdammt ich lieb dich"
von Matthias Reim für mich singt.
Ich bin kurz ausgelassen und singe

mit. Aber sobald Isabel weg ist, kommt alles in mir hoch und ich rufe immer wieder bei Frank an bis er dran geht. Und als er am Telefon ist, ist er sehr genervt und sagt mir, dass er mit seiner Freundin einkaufen sei und nicht wüsste, was ich von ihm erwarte. Ich bin immer noch völlig außer mir, weiß überhaupt nicht, was ich machen soll, ich realisiere zwar, dass er mir gesagt hat, dass er in einer Beziehung ist und wahrscheinlich ist es auch normal, dass er mit seiner Freundin einkaufen ist, aber ich bin außer mir vor Wut und Eifersucht. Inspiriert durch Isabel, die online Dating liebt, melde ich mich selber bei einer Online-Dating- Plattform an, gebe aber schon nach kurzer Zeit Isabel das Feedback, dass ich es gruselig empfinde und ich nicht fündig werde. Da Isabel so überzeugt von dieser Art der Partnersuche ist, schließe ich mit Isabel den Deal, zehn Dates über ein Online-Dating-Portal zu machen. Und dann kommt das erste Date: der

Typ ist bescheuert, ich gefalle ihm
allerdings und er fragt mich, ob ich
mit ihm zu Rock am Ring möchte,
das denmnächst stattfindet. Isabel
sagt, ich soll das unbedingt machen.
Ich habe aber kein Bock auf Rock
am Ring an Pfingsten, obwohl ich
Beth Dito, die Muse von Karl
Lagerfeld, die ich fast genauso toll
finde wie Kate Moss & Co. auftritt.
Das Ende vom Lied ist, dass ich
Isabel anlüge, ich würde zu Rock am
Ring fahren. Meinen Eltern sage ich
das auch. Gott sei Dank verreisen
sowohl meine Eltern als auch meine
Schwester über Pfingsten, so dass es
niemandem auffällt, dass ich die
ganzen Pfingsttage das Haus nicht
verlasse, sondern im Bett liege und
auf meinem Laptop Frauentausch
schaue bei strahlendem
Sonnenschein draußen. Eine Folge
nach der anderen schaue ich online
bis ich Kopfschmerzen bekomme.
Nach Pfingsten lüge ich, ich sei bei
Rock am Ring gewesen. Alles was
mir der Online-Dating-Typ von
Rock am Ring erzählt gebe ich vor

meinen Leuten als meine eigene
Erfahrung vom Wochenende aus.
Auf Youtube schaue ich mir die
entsprechenden Videos an und
erzähle einfach, wie super Pfingsten
bei Rock am Ring war, aber dass ich
den Typ nicht wieder sehen wollte.
Mit meiner Lüge fühle ich mich
ganz elend. Leichte Panikattacken
haben mich in meiner Einsamkeit
immer wieder ergriffen. Es hat mich
auch die Angst, von meinen Eltern
erwischt zu werden, und gefragt zu
werden, warum ich alleine im Bett
liege und Frauentausch auf dem
Laptop schaue, belastet. Nicht mal
angezogen und ins Wohnzimmer
gesetzt habe ich mich. Und ich
möchte nicht darüber sprechen,
warum ich das Haus nicht verlasse
habe und diese ganzen anderen
Warums. Endlich ist wieder Alltag
und ich fühle mich komisch, wenn
ich draußen alleine herum gehe. Die
Sonnenstrahlen lassen mich die
Pärchen und Grüppchen genau
sehen. Ich ziehe die Dunkelheit vor.
Da fällt es mir leichter anonym zu

sein und nicht gesehen zu werden.
Die Wärme auf der Haut kann ich
gar nicht genießen, weil ich nur
realisiere, dass ich alleine bin und
mich frage, ob es meiner Umwelt
auffällt, dass ich immer alleine bin.
Später weiß ich, dass die Leute so
oberflächlich und mit sich selbst
beschäftigt sind, dass überhaupt
keinem irgendetwas auffällt. Wenn
ich ausgehe, habe ich ständig Panik,
Frank mit seiner Eule zu treffen. Ich
bin völlig unentspannt, wenn ich in
der Stadt unterwegs bin. Die
üblichen Stellen, an denen ich Frank
sehen könnte, meide ich. Ich
versuche immer zu hören, ob Frank
auf Reisen ist, oder ob er in der
Stadt ist. Und wenn er in der Stadt
ist, meide ich Stellen an denen ich
ihn treffen könnte. Besondere Panik
habe ich davor, ihn mit seiner Q zu
treffen, das belastet mich, selbst
wenn ich in Begleitung eines
anderen Mannes bin. Frank ruft
mich wieder ab und an an. Wir
unterhalten uns darüber, wie es mir
geht, wie es ihm geht, dass es mit

der älteren Frau nicht so ist wie er
sich vorgestellt hat, dass er mich
vermisst, dass es anstrengend ist,
dass sie allein sein kann, und dass
sie auch alles alleine kann so
zelebriert. Und ich mache mir
Hoffnungen. Frank und ich landen
im Bett ohne Kondome und Frank
tut aber so, als ob ich genau gewusst
hätte, dass das nichts mit Beziehung
zu tun hätte, sondern eine einmalige
Sache ist. Es herrscht wieder
wochenlang Funkstille. Ich bin
nervös und ich bekomme meine
Tage nicht. Nachdem ich sechs
Wochen meine Tage nicht
bekommen habe, mache ich einen
Termin beim Frauenarzt für einen
Schwangerschaftstest, weil ich den
Tests aus der Apotheke nicht traue.
Bis zum Schwangerschaftstesttermin
beim Arzt überlege ich mir - und bin
hin und hergerissen -, ob ich ein
Kind von Frank möchte. Tief in
meinem Inneren möchte ich das,
aber dann kommen mir auch die
Gedanken, wie das er nicht
dahintersteht und meine ganzen

Bedenken über mein Verhältnis zu
Frank. Als es endlich soweit ist und
ich mit dem Fahrrad Richtung
gynäkologische Praxis und
Schwangerschaftstest fahre, ist es
sonnig und warm. Und ich hoffe fast
schon, dass der
Schwangerschaftstest positiv ist.
Und meine Enttäuschung ist riesig
als ich auf meinem Weg zur
gynäkologischen Praxis merke, dass
ich meine Tage bekomme. Ich spüre
das warme Blut zwischen meinen
Beinen Richtung Sattel laufen. Ich
halte an, nehme mein Handy und
rufe in der Praxis an, dass sich der
Schwangerschaftstest erübrig hat,
weil ich just im Moment meine Tage
bekommen habe. Dann fahre wieder
nach Hause und bin total enttäuscht,
aber auch ein bisschen erleichtert,
weil ich überhaupt nicht weiß, wie
Frank reagiert hätte. Und ich mir
halt auch furchtbare Sorgen mache,
dass er hätte sagen können, dass das
Kind nicht von ihm ist oder er
möchte kein Kind aufgezwungen
oder untergeschoben bekommen.

Franks Ablehnung macht mir immer Angst. Und so vergeht die Zeit, ich versuche mich abzulenken, meinen Tätigkeiten nachzugehen und Frank zu vergessen. Gerade an den Feiertagen und an Silvester fühle ich mich extrem allein, denn auch wenn ich immer mal wieder jemanden kennen lerne, den Kontakt zu Paul wieder aufgenommen habe, befürchte ich einfach, den Schmerz, den ich empfinde, wenn ich Frank mit einer anderen Frau sehe. Die bis heute schrecklichsten Feiertage für mich sind Silvester und Neujahr. Das sind immer Stress-Daten für mich. Außerdem habe ich Angst vor Feuerwerk, kein Geld mir ein passendes Kleid zu kaufen, Schwierigkeiten einen Mann zu finden der mich einlädt... alles Scheiße... und dann kommt Karneval, ebenfalls eine Stressveranstaltung für mich.

Es geht Richtung Ostern, ich bin nicht motiviert, Ostern mit meiner Familie zu verbringen. Es graut mir etwas vor dem Familienbesuch, und auch davor, dass meine ältere Schwester mit Kind und Mann und gutem Beispiel über das Osterwochenende bei meinen Eltern aufschlägt. Dann kommt ein Anruf von Frank. Frank hatte einen Autounfall, angeblich defekte Bremse, Ergebnis: unter anderem ein Milzriss. Frank ist am Arsch und fragt mich, ob ich ihn besuchen möchte und ein bisschen pflegen. Er hat starke Schmerzen und vermisst mich. Mein Herz pocht und ich möchte Frank unbedingt sehen. Übrigens ist die Variante von Frank wie der Unfall passiert ist, wieder anders als die Variante der Leute. Frank ist heimlich mit dem Auto seines Kompagnons, die Autoschlüssel von dessen Auto sind im Büro-Safe untergebracht, gefahren, während sein Kompagnon in Urlaub ist. Frank ist einfach mit dessen Auto nach Innsbruck gefahren und da Frank nicht gerade der beste Autofahrer ist, und das Auto des Kompagnons nennen wir

es mal übermotorisiert ist, ist Frank
auf dem Rückweg selbst verschuldet
in die Leitplanke gefahren. Das Auto
hat einen Totalschaden und Frank
hat schwere Verletzungen und
darüber hinaus Streit mit seinem
Kompagnon. Frank behauptet, die
Bremsen seien defekt gewesen. Das
ist auch das erste Mal, dass ich zwar
nicht im Zusammenhang mit Kunst,
aber in einem anderen
Zusammenhang Franks kriminelle
Energie zu spüren bekomme. Frank
schiebt den Unfall erst mal auf eine
defekte Bremse des Autos, was
natürlich von der Versicherung in
einem Gutachten widerlegt wird und
Frank wird nun Versicherungsbetrug
vorgeworfen. Ich werfe Frank vor,
was er mir vorwirft: nicht zu seinen
Fehlern zu stehen und sein Fehler
ein Vertrauensbruch ist. Dass er
heimlich das Auto seines
Kompagnons genommen hat und zu
Schrott gefahren hat. Jetzt muss er
für das Vergehen und für den
entstandenen Schaden aufkommen
und dazu stehen. Ich genieße das

Wochenende trotz der Umstände,
auch wenn Frank nicht unbedingt
nett zu mir ist. Trotz seines Zustands
bittet er mich, ich möge sexy
gekleidet zu ihm kommen, ich gebe
mir Mühe und trage eine enge Jeans
mit ganz hoher Taille, goldene
Stiefel und einen engen
Rollkragenpullover. Und da es
Ostern noch einmal geschneit hat,
trage ich auch eine dicke
petrolfarbene Wolljacke. Frank hat
wieder erste Tendenzen, mich klein
zu halten. Er bockt, dass es in seiner
Welt weder blaue Jacken noch
goldene Stiefel gibt. Trotzdem bin
ich glücklich als wir nackt im Bett
liegen und uns an einander
schmiegen. Wir haben keinen Sex,
Frank ist am Arsch, trotzdem fühle
ich mich ihm unglaublich nah und
richtig bei ihm zu sein. Gleichzeitig
bin ich auch wieder ernüchtert, weil
ich weiß, dass es nicht so ist wie ich
es mir wünsche, und dass er keine
Zugeständnisse macht, und dass wir
nicht in einer festen Beziehung sind.
Mittlerweile habe ich mir

angewöhnt, Franks Homepage mit
den Fotos von den Vernissagen zu
kontrollieren und zu gucken, ob
andere Frauen in Franks Nähe sind.
Frank bekommt es immer hin, dass
keine andere Frau in seiner Nähe ist
auf den Fotos. Im ganzen Internet
finde ich keine Homepage mit Fotos
von Vernissagen oder anderen
Kunstveranstaltungen,
Ausstellungseröffnungen, wo auch
nur eine Frau neben Frank steht.
Wenn mal eine Frau neben Frank
steht, steht sie mit ihrem Mann
neben Frank. Es existieren keine
Fotos auf denen Frank mit einer
anderen Frau zu sehen ist oder
überhaupt mit einer Frau von der
man denken könnte sie gehört als
Frau zu ihm. Und in meinem Wahn,
dass ich unbedingt eine monogame
Beziehung mit Frank möchte, bin
ich jedes Mal neu infiziert, weil es ja
keine andere Frau gibt. Das
beweisen mir diese
Momentaufnahmen. So hässlich
Frank nüchtern betrachtet auch ist,
menschlich und körperlich, auf mich

hat er nach wie vor eine
Wahnsinnsausstrahlung und mein
Herz pocht wenn ich die Fotos von
ihm sehe. Nach jeder
nervenaufreibenden Bilderrecherche
auf der ich keine andere Frau
entdecke, bin ich noch infizierter als
vorher, weil das für mich dann
immer der Beweis ist, dass er auch
keine andere hat.

Selbstverständlich kommt nach jeder
Euphorie nach einem Treffen mit
Frank auch die Ernüchterung. Hin
und hergerissen, weil ich weiß, dass
es einfach nicht funktioniert, aber
ich es andererseits unbedingt
möchte, weil ich uns für das
Traumpaar schlechthin halte. Und
Frank für den Kometen der
Kunstszene und alles Mögliche
halte. Die Schöne und das Biest wie
Isabel sagt.

Ich versuche trotzdem, mich von
Frank fern zu halten, aber aus reiner
Vernunft und Selbstschutz. Weil ich
mir eigentlich Normalität wünsche

und keine Hochs und Tiefs, sondern einen langweiligen Flow. Und je mehr ich mich abwende, umso mehr wendet sich Frank mir zu. „Mach' dich rar und Du bist der Star!" Ich fühle mich mittlerweile schon verarscht, wenn er mich anruft und Dinge sagt, die er sich für sein Leben wünscht. Unter anderem behauptet er, sich ein gemeinsames Leben mit mir zu wünschen. Bei diesen Telefongesprächen habe ich einfach das Gefühl, er versucht nur zu erraten, was ich mir wünsche. Und das dann ausspricht aus reiner Berechnung. Bei einem dieser Telefonate in denen Frank mir so viele Zugeständnisse macht, sagt er mir dann in einem Nebensatz, dass er diese Frau verlassen hat, weil sie zu alt ist, um noch Kinder zu bekommen. Und Frank eigentlich noch einen Kinderwunsch hat. Ich weiß nicht warum, aber in diesem Moment, obwohl ich gar nicht grundsätzlich über Kinder nachgedacht habe, wünsche ich mir auch Kinder mit Frank. Und kaum ist die Botschaft verkündet, dass er diese Frau verlassen hat, sehe ich mich auch schon wieder als seine neue Freundin. Und als ob es das Selbstverständlichste der Welt sei, haben wir Sex ohne Kondome und es dauert auch nicht lange bis ich schwanger bin.

Und ich bin nicht einfach nur schwanger, ich bin schwanger mit Zwillingen. Frank sagt, er freue sich auf die Kinder ist, aber trotzdem nicht greifbar. Also eigentlich alles wie immer, nur dass ich schwanger bin und entsprechend immer fetter werde. Aber mit meinem Bauch wächst auch Franks Familiensinn. Selbstverständlich ziehen wir jetzt zusammen, wo ich schwanger bin und wir eine Familie werden. Frank macht einen auf häuslich, zumindest mit Worten, nicht unbedingt mit Taten. Er sagt, er würde mit der Galerie und auch mit seiner Kunstvermittlung genug verdienen, um ein Haus zu kaufen. Wahrscheinlich berauscht von den

Schwangerschaftshormonen freue
ich mich auf das Haus. Frank geht
tatsächlich auf Haussuche und wird
fündig. Leider sieht die Bank es
nicht ganz so euphorisch wie Frank.
Franks große Stärke ist es nicht nur
mich zu überzeugen, sondern auch
seine Finanziers. Das Konstrukt
sieht jetzt so aus: das Haus wird auf
meinen Namen gekauft, laut Frank,
damit es „sicher" ist, wenn bei
seinen Geschäften etwas schiefläuft.
Das Haus wird nicht über eine Bank
finanziert, sondern mit dem Geld
zweier Kunstsammler, die sozusagen
Frank einen Privatkredit geben.
Frank zahlt nicht monatlich an eine
Bank, sondern an diese beiden
Herren Kunstsammler. Frank mischt
mittlerweile beim internationalen
Kunsthandel mit. Ich bin einfach
unglaublich stolz, dass ich nun
Eigentümerin eines
Einfamilienhauses bin. Das ich
keine Raten selbst bestreiten könnte
ist mir egal. Ich fühle mich gut in
meinem Haus, es wird renoviert und
eingerichtet, mit Kunstwerken und

Fotos bestückt, es wird lauschig und mondän. Ich bin begeistert und ich bin hochschwanger. Frank hat seine Wohnung, die zwischendurch ja unsere Wohnung war, zu früh gekündigt, so dass wir die Wohnung verlassen mussten bevor das Haus bezugsfertig ist. Nun wohne ich während dieser ganzen Renovierungsarbeiten, die sich länger hinziehen als geplant, hochschwanger in meinem Kinderzimmer mit Frank bei meinen Eltern. Nach der Geburt der Zwillinge wohnen sogar zu viert bei meinen Eltern, damit wir zusammen sind. Kurz vor Weihnachten ziehen wir endlich ins eigene Haus.

Die ersten Monate mit den Zwillingen sind anstrengend. Stillen, wickeln, beruhigen... Frank hilft mit. Und Frank möchte Sex. Keine Ahnung, ob das hormonell bedingt ist, aber in diesem Moment ist mir Sex, sogar Körperkontakt mit Frank, zuwider. Deshalb sage ich Frank, er müsse sich erst den Rücken mit

Wachs enthaaren lassen. Ich nenne ihm sogar noch eine Kosmetikerin, die das kann. Ich möchte ihn in diesem Moment verletzen, ich kann gar nicht erklären warum. Aber ich merke, dass ich da einen wunden Punkt treffe und es fühlt sich gut und gibt mir kurz Macht. Frank hat es ja geschafft, mich komplett abhängig von sich zu machen. Durch die Kinder, das Haus und mein eigenes Versäumnis, für mich Sorgen zu können.

Heiraten war bisher kein Thema für Frank. Seitdem aber die Kinder da sind, ist Frank tatsächlich an dem Punkt, dass er Spaß an seinen Kindern hat und das ist nicht gelogen. Er macht mir einen Heiratsantrag. Mehr oder weniger zufällig bekomme ich ein Telefonat mit, in dem sich Frank wem auch immer erklärt, dass seine Intention mich zu heiraten ist, dass er Zugriff auf die Kinder haben möchte. Weil er als unverheirateter Vater keine Rechte auf die Kinder hat, und ihm

die Kinder so wichtig sind, beißt er
in den sauren Apfel der Hochzeit.
Ich bin resigniert. Mit Liebesheirat
hat das genau Null zu tun. Und
andererseits finde ich es natürlich
super: ich habe nach westlichen
Maßstäben (fast) alles erreicht. Ich
habe Kinder, ich habe ein Haus, ich
habe einen Ehemann, ich habe super
Klamotten, einen super Lifestyle,
super Kunst an den Wänden und die
Haare schön. Der Rest es mir egal.
Nach außen ist mein Leben perfekt.
Frank und ich heiraten also ein
dreiviertel Jahr nach der Geburt der
Kinder im kleinen Kreis mit
wenigen Gästen. Wir haben auch
überhaupt kein Geld für eine
Hochzeit. Das Haus, die Möbel, das
war alles teuer. Und stressig genug
für Frank, alles zu beschaffen, er
steht unglaublich unter Strom und
Druck, das alles halten und
bestreiten zu können. Jetzt ist er
noch öfter unterwegs. Wir
beschließen, die Kinder taufen zu
lassen, Patenonkel wird auf meinen
dringenden Wunsch hin Paul. Meine

ältere Schwester wird auf ihren dringenden Wunsch hin Patentante. Dadurch dass Paul Patenonkel ist, ist jetzt auch der Kontakt wieder regelmäßiger und ich freue mich über jede Ansprache, da ich durch die Kinder am Haus fest gebunden bin. Durch meine Unzufriedenheit darüber, setze ich durch, die Kinder in einer Babykrippe abgeben zu können und Fotoaufträgen nachzugehen. Frank macht sich zwar darüber lustig, dass die Krippe mehr kostet als ich mit meinen Fotos verdiene, aber ich freue mich über die Freiheit. Mit zwei kleinen Babys kann man halt nicht einfach mal einen Kaffee trinken gehen, man hängt ständig im Haus fest.

Das erste Jahr im neuen Haus ist schnell vorbei. Es geht wieder auf Weihnachten zu. Die Kinder sind noch kein Jahr alt. Meine ältere Schwester, die bereits eine vierjährige Tochter hat, ist bei meinen Eltern zu Besuch. Wir sind beide nervlich so am Ende wegen unseren Situationen mit dem jeweiligen Mann plus den Kindern, dass wir beschließen, nach Weihnachten nach Florida zu fliegen. Die Florida-Reise ist eine Schnapsidee. Mit zwei Babys und einem Kleinkind nach Florida ist kein Spaß. Den ganzen Hinflug über weinen meine Kinder, die anderen Passagiere sind genervt und ich merke da schon, dass mein Plan nicht so durchdacht ist. Wir haben eine Ferienwohnung gemietet, es ist warm und wir verbringen viel Zeit am Strand und grübele darüber, was Frank gerade macht.

Da Frank viel unterwegs ist, und auch auf seinen Reisen viel zu tun hat, ist er auf die Idee gekommen, nun auch eine studentische Praktikantin mit auf seine Reisen zu nehmen. Zusätzlich gibt Frank auch noch die Affäre mit ihr zu, jetzt wo ich mit zwei Kindern völlig abhängig von ihm bin. Sie darf ihn auf seinen Reisen begleiten, was ich nie durfte, bei mir hieß es, es seien

Geschäftsreisen und keine Urlaubsreisen. Die Assistentin begleitet ihn mit der Begründung, Frank brauche mittlerweile auch unterwegs jemanden, der sich kümmert und organisiert. Bisher weiß ich nicht, wie sie aussieht, sie darf auf keinem der offiziellen Fotos neben ihm stehen. Ich finde heraus, dass sie Ester heißt. Und das ganz ungewollt. Meine jüngere Schwester passt auf die Kinder auf, ich gehe mit Isabel zu einer Geburtstagsfeier, die privat in einer Wohnung stattfindet. Optisch fällt mir Ester direkt auf. Sehr blond, sehr gebräunt, sehr dünn, in ihrer ganzen Aufmachung wirkt sie zwar sexy, aber ganz nah an der Grenze zu billig. Ester ist fröhlich und hat ein ansteckendes Lachen. Arglos halte ich etwas Smalltalk mit ihr und dann nimmt der Wahnsinn seinen Lauf. Isabel sagt Ester, dass ich Frank auch kenne.

Ohne dass mich Ester fragt, woher ich Frank kenne, sprudelt sie los: sie macht ein Praktikum bei ihm in der

Galerie, passend zu ihrem Kunststudium, und hat sich in ihn verliebt. Leider sei Frank oft nicht greifbar und ginge auch meistens nicht ans Telefon, wenn sie anruft, aber er hat sie ganz in seinen Bann gezogen und sie wünscht sich eine Beziehung. Ihre erste Frage an mich bezüglich Frank ist nicht, in welcher Beziehung ich zu ihm stehe, sondern ob er ans Telefon geht, wenn ich ihn anrufe. Und ungewollt bin ich in einem Battle. Ester ruft Frank von ihrem Handy aus an, er geht nicht dran. Ich zücke mein Handy und rufe ihn an, er hebt sofort ab. Danach ruft Ester wieder an und Frank hebt nicht ab. Ich fühle mich überlegen. Und Ester reagiert nicht eifersüchtig, sondern bewundernd. Zwischen den Zeilen versuche ich Ester zu suggerieren, dass ich eine Künstlerin bin und Frank gerne meine Werke verkaufen möchte. Ich fühle mich großartig in meiner Rolle. Gönnerhaft wünsche ich Ester Erfolg mit Frank.

Keine Ahnung was mich und mein
Ego da geritten hat. Eigentlich
wollte ich Ester aushorchen. Später
zuhause, als ich den Abend im Kopf
Revue passieren lasse, zieht es mir
den Boden unter den Füßen weg.
Eifersucht überkommt mich. Ein
Gefühl, das Ester und Frank
offensichtlich nicht kennen. Die
verzögerte Erkenntnis der Tatsache,
dass eine Praktikantin ihn im
Gegensatz zu mir auf seinen
Dienstreisen begleitet während ich
bei den Kindern bin, die wie eine
Fußfessel für mich sind, durch die
ich noch nicht mal in der Lage bin,
einfach mal zu gucken, was er macht
oder mich anders abzulenken. Alles
Aktionen, die mit den Kindern im
Schlepptau nicht möglich sind.

In meinem ganzen Selbstmitleid
wende ich mich Paul zu. Paul ist
mittlerweile 60 und hat gar keine
Lust, eine Beziehung mit einer Frau
mit zwei Babys zu führen. Ich
befürchte, dass Paul ebenfalls
(genau wie ich selbst) Mitleid mit

mir hat. Und seine Zuwendung auch eher Verpflichtung und Sorge um mich ist. Pauls Absichten sind gut, in der Realität kommt und geht er mittlerweile auch, wie er Lust hat. Wenn die Kinder schreien, geht er. Das ist ihm zu viel und außerdem mein Problem. Da sich weder Frank noch Paul um mich kümmern, wie ich es gerne hätte, lasse ich mich mit unserem Nachbarn ein. Ebenfalls ein Kunstsammler und Kunde von Frank. Der Nachbar, Michael, hat außer für Kunst noch ein Faible für Oldtimer. Wenn die Kinder in der Krippe sind, unternehme ich etwas mit Michael. Michael ist Anfang 60, verheiratet, er und seine Frau haben mehrere Wohnsitze. Weil ich mit Michael Sex habe, statt dass ich fotografiere, habe ich gar kein eigenes Bargeld mehr. Die Zeit mit ihm ist zwar leicht und kurzweilig, aber begrenzt. Als ich mehr möchte, sagt er mir, dass er lieber bei seiner Frau bleibt. Ist mir auch egal. Eigentlich möchte ich ja mein Familienmodell, aber Frank entgleitet mir immer mehr. Ich habe mir das Trinken angewöhnt, Champagner oder Rotwein nach Tagesform, wobei mich beides beruhigt. Ich weiß, dass die Mütter bei mir im Viertel sowieso „die Champagnermütter" genannt werden, also warum soll ich kein Champagner trinken? Frank gibt offen zu, dass er keine Lust hat, Zeit mit mir zu verbringen. Seine Arbeit nicht nur gut für sein Ego ist, sondern dass sie ihm auch einfach Spaß macht und ihn interessiert. Viel mehr als ich ihn interessiere, interessieren ihn die Kinder. Mit denen verbringt er gerne Zeit. Die Zeit mit den Kindern verbringen wir auch nicht gemeinsam, entweder verbringt er Zeit mit den Kindern oder ich verbringe Zeit mit den Kindern.

Jahre später ist das Leben bunt

Ich weiß gar nicht, wie ist dazu gekommen ist, aber nach all unseren Krisen, Affären mit Nachbarn und

Praktikanten und sonst was, finden
wir wieder zusammen. Frank und
ich sprechen uns aus, sprechen über
Erwartungsdruck und Frank kommt
mir unglaublicherweise entgegen.
Als er mir erklärt wie positiv er
unsere Beziehung sieht, das Leben
bunt ist und er mich mit meinen
Mängeln und Fehlern so akzeptiert
wie ich bin. Das wünscht er sich
auch von mir. Er hat sich Kinder
gewünscht, er hat sich ein
konservatives Leben gewünscht,
aber er möchte auch Karriere mit
Kunst machen. Das erste Mal
überhaupt darf ich ihn auf eine
seiner Reisen begleiten. Mit den
Kindern zusammen fliegen wir nach
London, dort ist bei Christies eine
Versteigerung eines Bildes von
Frida Kahlo. Ich sympathisiere
selber auch sehr mit Frida Kahlo und
ihrer Lebensgeschichte und sehe in
ihrer Lebensgeschichte Parallelen zu
meiner Lebensgeschichte. Ich hätte
mir gewünscht, dass wir auch, wenn
wir zusammen in London sind,
etwas gemeinsam unternehmen und

er mich den Leuten als seine Frau
vorstellt. Stattdessen tut er so, als ob
ich ihm noch nicht mal wie eine
Ester helfen kann, behandelt mich
wie einen Störfaktor, sagt die Kinder
müssen leise sein. Und dann
ausgerechnet bei Christies Platz ihm
der Kragen. Die Kinder schreien,
ungefähr 2000 Leute bekommen
unseren Auftritt mit, und Frank ist
so gestresst vor Scham,
Überforderung und Kokain, dass er
einen epileptischen Anfall vor Stress
bekommt. Das alles im Foyer des
Auktionshauses. Frank wird von
einem Krankenwagen
abtransportiert, ich fliege mit den
Kindern nach Hause.

Frank bleibt insgesamt zwei Wochen
in London im Krankenhaus während
ich alleine zu Hause bin und es graut
mir vor seiner Rückkehr. Ich kann
mir seine Wut über die Blamage,
dass er zuckend am Boden lag vor
so vielen Leuten schon ausmalen.
Ein bisschen befürchte ich auch,
dass Frank die Scheidung einreicht,

aber ich bin nicht traurig, dass er
dann weg ist, sondern mich quälen
Zukunftsängste. Selbst könnte ich
noch nicht mal die Heizkosten für
„mein Haus" bestreiten. Meine
Eltern sind zwar gut situiert, haben
aber noch zwei weitere Kinder und
könnten natürlich auch nicht
gewährleisten, dass ich in diesem
Haus wohnen bleibe. Schlecht für
die Show! Als Frank zurückkommt -
ich hole ihn vom Flughafen ab mit
den Kindern - sind sowohl die
Kinder erstaunlich ruhig als auch
Frank ist erstaunlich gefasst. Und er
freut sich, mich zu sehen. Ich habe
das Gefühl, Frank möchte mit Ruhe
Normalität in unsere Beziehung
bringen, trotzdem graut es mir vor
dem aus meiner Sicht
unvermeidbaren
Beziehungsgespräch. Ich bin
irgendwie erleichtert, dass Frank mir
nur erklärt, dass das nicht gut für
seine Reputation ist, wenn ich ihn
vor so vielen Leuten so blamiere,
dass er sich einen gewissen Ruf und
Respekt erarbeitet hat, und ich das

ihm durch solche Auftritte in kürzester Zeit zu nichte mache. In gewisser Weise verstehe ich Frank natürlich, auch ich hätte wirklich nicht so ausrasten dürfen. Aber als ich realisiere, dass Frank nicht an Scheidung denkt, bereitet sich ein beruhigendes Gefühl in mir aus. Trotzdem kommen wir uns nicht so richtig nah. Seit Frank aus dem Krankenhaus zurück ist, schlafen wir nicht mal mehr in einem Zimmer, sondern einer von uns liest immer den Kindern etwas vor und übernachtet dann im Kinderzimmer, im sozusagen Notbett, das eigentlich nur aufgestellt wurde für Krankheitsfälle, um dann bei den Kindern zu sein.

Acht Jahre Ehe oder himmelhochjauchzend und zu Tode betrübt

Ich bin jetzt an einem Punkt, wo ich überlege, welchen Deal ich eingehe. Nach außen hin ist alles super. Frank und ich wohnen in „meinem" großen

Haus, das Frank hat aufwendig renovieren lassen, in der Zwischenzeit haben wir auch das Dach erneuern lassen, die Fassade streichen und den Garten aufwendig gestalten lassen. Wir haben eine eigene Einfahrt und sogar ein Rondell vor der Tür. In dem nach dem Wohnzimmer größten und schönsten Zimmer hat Frank mir ein großzügiges Fotostudio eingerichtet. Von hier aus arbeite ich oder organisiere meine Arbeit. Oder würde das tun, wenn ich welche hätte. Meine Wochentage von Montag bis Freitag sehen alle gleich aus. Morgens stehe ich auf, wecke die Kinder und achte darauf, dass sie sich waschen und anziehen. Dann geht es zum Frühstück in die Küche. Wenn Frank da ist, frühstücken wir alle gemeinsam und ich bin Frank gegenüber sehr ungehalten. Es regt mich auf, dass er seine Machposition ausspielt gemäß ,wer die Kapelle bezahlt, wählt auch die Musik'. ,Ohne Moos nichts los' trifft es auch bei mir. Nach dem Frühstück bringe ich die Kinder zur Schule. Dann geht es meistens weiter in die Stadt, da ich treffe mich mit irgend jemanden, der oder die auch frei hat, oft auch mit Paul zum zweiten Frühstück. Danach drehe ich meine Runde durch die Einkaufsstraßen der Stadt, lasse mich etwas treiben, manchmal kaufe ich mir etwas anzuziehen. So schlage ich die Zeit tot, bis ich die Kinder von der Schule abhole. Manchmal fahre ich dann mit den Kindern zu meinen Eltern zum Mittagessen. Manchmal lasse ich die Kinder den Nachmittag über auch noch bei meinen Eltern und Frank holt sie ab. Dann fühle ich mich frei und widme mich auch dem Konsum.

Frank ist viel unterwegs. Ich weiß gar nicht so richtig, was er dann macht. Mittlerweile ist das Vermitteln von Kunst Franks Hauptgeschäft, so viel weiß ich. Er reist durch die ganze Welt, auch viel nach Südamerika, in die USA und nach China und Japan. Seiner

Aussage nach pflegt er Kontakte, um dann Werke bedeutender Künstler zu vermitteln. Und um direkt an der Quelle zu sein, wenn Kunst vererbt wird, Sammlungen Toter oder Lebender aufgelöst werden oder er forscht nach verschollenen Gemälden, die ein Sammler vor der Öffentlichkeit versteckt hält und die dann an einen Sammler oder ein Museum gehen, die sie der Öffentlichkeit zugänglich machen. Für mich ein ganz abstraktes Geschäft. Die Summen, die sich manchmal im Millionenbereich befinden, die für die Bilder gezahlt werden, machen Frank für mich zu einem Superstar der Kunst. Zu diesem Zeitpunkt realisiere ich nicht, dass Frank vermittelt, aber nicht die Millionen bekommt, sondern eine Provision.

Nachdem unser Eheleben so unrund läuft und weder Frank noch ich eine Entscheidung treffen, wie wir leben möchten, es zu jedem Frühstück ein Streitgespräch gibt und wir uns abends aus weiterhin aus dem Weg gehen, beginne ich mein Faible für Rotwein auszubauen. „Save water – drink wine" ist nun auch ein beliebtes Motiv meiner Fotos, die ich aus Langeweile mache, da ich ja, wenn Frank mir keine Aufträge besorgt, auch keine Aufträge habe. Manchmal fotografiere ich eine meiner Schwestern oder eine Freundin. Oder mich selbst. Zurzeit inszeniere ich mich sehr gerne selbst und mache Fotos von mir auf den ich mich mit meinen Habseligkeiten zeige. Mittlerweile habe ich auch eine Kreditkarte von Frank bekommen, wegen Franks schlechter Behandlung mache ich ab und an Reparationskäufe bei Hermes oder Prada. Frank regt das auf. Aber mich regt auch so einiges auf: meine Ohnmacht, die Kinder fühlen sich an wie eine Fußfessel und Frank ist frei und hat die Macht über das Geld und mich ich fühle mich super unwohl damit. Und eines Abends kommt Frank nach Hause und fragt mich, ob wir uns nicht vertragen wollen.

Er hat einen riesigen Strauß
dunkelroter Baccara Rosen dabei.
Und ich bin direkt wieder infiziert
und verliebt wie ein Teenager und
hoffe auf das große Glück mit
Frank. Auf meinen Traum schön und
erfolgreich zu sein Kinder zu haben
und alle westlichen Statussymbole
zur Schau stellen zu können.

Obwohl es meine eigenen Kinder
sind, empfinde ich diese Kinder
immer wieder wie eine Fußfessel.
Ich kann ja nicht einfach ohne meine
Kinder das Haus verlassen. Und mit
meinen Kindern ist es extrem
schwierig und abends bin ich
ebenfalls ans Haus gefesselt
während Frank unterwegs ist. Meine
Eltern haben auch wenig Lust, sich
oft um meine Kinder zu kümmern
und da ist ja nicht wirklich so
verwunderlich.

**„Und jedem Anfang wohnt ein
Zauber inne,
Der uns beschützt und der uns
hilft, zu leben.“**

wusste schon Hermann Hesse

Frank hat meine jüngere Schwester gebeten, auf die Kinder aufzupassen. Frank ist in Trinklaune und möchte mit mir ausgehen. Sobald die Kinder abgeholt sind, gehe ich in Allerseelenruhe ins Bad, dusche mich ausgiebig und dann ziehe ich mich an und frisiere mich. Endlich ein Anlass ins kleine Schwarze zu schlüpfen, hohe Schuhe zu tragen, Schmuck anzulegen und den Alltag und den Stress zu vergessen. Als ich fertig in Schale geworfen zu Frank ins Wohnzimmer komme, hat er Eine Schachtel in der Größe einer Pralinenschachtel auf dem Wohnzimmertisch vor sich stehen. Dunkel grün eingepackt mit einem hellgrünen Streifen. Ich denke, dass es eine lange Nacht wird und es noch Espresso und eine Praline zum Start gibt. Als ich näher herankomme, sehe ich, dass die vermeintliche Pralinenschachtel eine Schmuckschachtel ist. Frank überreicht mir strahlend die

Schachtel und mein Herz pocht bis zum Hals. Er überreicht mir die Schachtel mit den Worten „von Herzen". Adrenalin schießt mir durch die Adern und ich hoffe, dass mir der Inhalt der Schachtel gefällt und ich nicht in Schwulitäten komme, weil ich Frank sagen muss, dass es mir nicht gefällt, oder des Friedens willen lügen muss, dass mir der Inhalt gefällt und so öffne ich die Schachtel mit zittrigen Fingern. In der Stadt befindet sich eine Stahl Rolex, Modell Oyster Perpetual. Ich bin zufrieden. Frank legt mir die Uhr an und sie passt. Sie schmiegt sich perfekt in meinen Arm und die Mulde an meinem Handgelenk. Zaghaft küsse ich Frank auf die Stirn. Er lächelt, zieht mich an sich heran und mein Glück ist in diesem Moment vollkommen. Es fühlt sich jedes Mal, wenn ich Franks ungeteilte Aufmerksamkeit habe, so gut an. Mit den Worten „wir zeigen uns mal in der Öffentlichkeit" erteilt Frank das Startsignal und macht mir heute in jedem Detail den Kavalier.

Frank hält mir die Autotür auf und
ich rutsche auf den Sitz. Frank geht
lächelnd um das Auto und wir
fahren in die Stadt. Heute läuft alles
wie am Schnürchen, Frank findet
sofort einen Parkplatz und wir gehen
in die einzige angesagte Bar für
Leute wie Frank und mich. Es ist
voll. Frank bestellt uns eine Flasche
Champagner, wir bleiben stehen,
weil es so voll, eng und laut ist,
bleiben wir ganz nah beieinander
und ich fühle mich Frank körperlich
und geistig ganz nah. Der Alkohol
und die Wärme tun das übrige. In
diesem Moment bin ich unantastbar
– wie immer bei Franks ungeteilter
Aufmerksamkeit. Ich lege Frank so
die Arme um den Hals, dass jeder
meine Rolex sehen kann. Und eine
von Franks ganz besonderen Gaben
ist, dass er immer dafür sorgt, dass
ich mich mit ihm besser als alle
Anderen fühle. Frank ist für mich
immer der Bessere und die 1. Wahl.
Meine Fußfessel, die Abhängigkeit
und die Immobilität durch die
Kinder sind ausgeblendet. Ich

empfinde nur pure Freude. Es dauert nicht lange bis unser Champagner leer ist und Frank meint, wir können nach Hause fahren, alle haben uns gesehen. Dann zahlt er und es geht wieder nach Hause. Wir kichern wie bei unserem ersten Date. Die Stimmung ist total unbeschwert und fröhlich. Kaum zu Hause angekommen, gehe ich ins Badezimmer, da Zähneputzen sein muss, und Frank zieht sich einen Schlafanzug an, der Etikette wegen. Ich muss lachen, denn ich weiß, wie Frank ist. Diesem Moment ist aber alles egal und ausgeblendet. In diesem Moment zählen nur Frank und ich. Die Zeit bleibt stehen, mein Glück ist vollkommen und es zählt wirklich nur der Moment, das hier und jetzt. Ich kann Frank gut riechen, als ich mit meiner Nase an seinem Hals und an seiner Brust bin möchte ich den Moment verewigen, den Geruch, das Gefühl die Haut. Die Angst vor der Ernüchterung kommt erst nach Franks Orgasmus. Er schläft auch sofort ein, schnarcht und wendet sich von mir ab. Ich dagegen bin hellwach und die bösen Gedanken machen sich schlagartig breit. Jetzt fallen mir die ganzen Scheidenpilze ein. Und ich hatte nur Scheidenpilze nach dem Sex mit Frank. Hatten wir lange keinen Sex, hatte ich lange keinen Scheidenpilz. Bei keinem anderen Mann habe ich mir irgendeine Krankheit geholt. Nur immer wieder den Scheidenpilz bei Frank. Dank Frank Fremdgeherei, kommt in mir Panik auf. Ich stelle mir vor, dass es mal nicht beim Scheidenpilz bleibt, sondern mal Aids oder Genitalwarzen oder Syphilis ist. Ich habe ja keine Ahnung mit wem Frank mich betrügt. Und was die Frauen wiederum sonst zu tun. Am nächsten Tag gehe ich zum Gesundheitsamt, nachdem ich die Kinder an der Schule abgesetzt habe, um anonym einen Aidstest und einen Syphilis Test zu machen. Mein Leben erscheint mir meistens nutzlos, aber wenn meine Lebenszeit begrenzt werden soll durch eine

Krankheit, gerate ich in Panik,
sterben oder gar dahinsiechen,
möchte ich auf keinen Fall. Die
Stimmung im Wartezimmer des
Gesundheitsamtes ist angespannt.
Wider mein Erwarten sitzen völlig
normale Leute im Wartezimmer, gut
gekleidet, ruhig und geben sich in
ihr Schicksal zu warten. Ich blättere
in einer Vogue, immer wieder und
wieder, und als ich an der Reihe bin,
lege ich die Vogue großzügig auf
den Tisch, auf dem sonst nur
Gesundheitbrochüren liegen. Es
findet ein Aufklärungsgespräch statt
bei der Blutabnahme für die Tests.
Die Ärztin des Gesundheitsamtes
fragt mich, warum ich den Test für
nötig halte. Das ist mir peinlich vor
dieser so normal wirkenden Ärztin,
etwas über mich Preis zu geben.
Daher sage ich nur, dass mein
Ehemann ein notorischer
Fremdgänger ist und ich mir Sorgen
um meine Gesundheit mache. Ich
fühle mich unwohl, weil die Ärztin
gar nicht darauf eingeht, ihr Blick ist
wohlwollend und fürsorglich,

obwohl sie wahrscheinlich nicht viel von mir hält oder sich fragt, warum ich mich nicht scheiden lasse. Frage mich gerade selbst warum ich mich nicht scheiden lasse. Hier in dieser Atmosphäre merke ich, wie offensichtlich Frank auf mich und meine Gesundheit scheißt. Adrenalin schießt mir durch die Adern bei dem Gedanken an das Ergebnis des Tests. Ich bekomme eine Nummer, die aus einer Kombination meines Geburtsdatums und Buchstaben meines vor und Nachnamen besteht, mit der ich eine Woche später mein Ergebnis mündlich persönlich abholen kann. Und damit beginnt für mich eine Woche voller Anspannung. Frank ist desinteressiert wie immer und auch für eine Vernissage nach London gereist. Manchmal frage ich mich, ob er in London wirklich die Kontakte hat er mir vor gibt zu haben, oder ob er einfach nur spinnt und irgendwo im Hinterhof sitzt. Das Einzige, das mich glauben lässt, dass er tatsächlich entsprechende

Kontakte in London hat und Geld verdient, ist das Haus, in dem ich wohne, mein Auto, meine neue Rolex, mein Taschengeld und meine Kleidung. Leider reisen wir nicht, und trotz allem Elend mit Frank habe ich plötzlich den Wunsch, als ist diese innerliche Aufzählung mache, mit Frank zu verreisen. Das wird mein nächstes Themenkärtchen. Es ist mir in dem Moment auch egal, dass Frank wohl meint, dass ich immer nur verlange und kaum meinen Pflichten im Haushalt und mit den Kindern nachkomme, und zu wenig Dankbarkeit zeigen. Ich sehe es halt einfach anders als Frank, ich fühle mich durch meine Abhängigkeit an Frank gefesselt. Ständig geht mir dieser KZ Spruch ‚Arbeit macht frei' durch den Kopf. Als Krönung meines Leids mit Frank möchte ich in das KZ fahren und als Fotokünstlerin eigene Fotos von „Arbeit macht frei" machen. Das ist mein beruflicher Plan. Vielleicht bekomme ich auch noch die Brücke zur Modefotografie hin, oder ist das zu krass, frage ich mich. Vielleicht macht mich dann der Shitstorm zu einer Berühmtheit? Aber wer bucht eine Fotografin, die so geschmacklos ist. Trotzdem stimmt „Arbeit macht frei", leider ist die Aussage für immer verseucht durch den Standort, der ihr zu Berühmtheit verholfen hat.

Zwischendurch habe ich mich zwar wieder beruhigt, aber jetzt wo ich mein Testergebnis beim Gesundheitsamt abholen soll, schießt wieder mal Adrenalin durch meine Adern. Wieder sitze ich im Wartezimmer des Gesundheitsamtes und warte darauf, endlich dran zu kommen. Ich spiele mit meinem Handy wie ein Teenager. Das ist mir eigentlich peinlich, dass ich mich nicht mit etwas anderem beschäftigen kann, und so gar nicht ladylike mit dem Handy spiele. Unter den Wartenden sitzt noch eine Muslima mit Kopftuch. Ich frage mich, ob ihre Brüder wissen, dass sie sich auf Aids und Syphilis prüfen lässt, eigentlich müsste sie Jungfrau sein. Oder ihr Ehemann möchte, dass sie rein ist vor der Ehe, jedenfalls mir fällt kein richtiger Grund ein, warum eine so junge Muslima mit Kopftuch diese Tests macht. Der Aufruf meiner Nummer reißt mich aus meinen Gedankenkonstrukten. Eine Woche später sitze ich wieder im Behandlungszimmer der Ärztin gegenüber und sie teilt mir das Ergebnis mit. Ich bin gesund und unglaublich erleichtert. Beschwingt verlasse ich die Ärztin und das Gesundheitsamt. Ich belohne mich selbst mit einem Kaffee und einem Schokocroissant auf dem Weg nach Hause. Die Sonne scheint, das Leben ist schön. Ich hole die Kinder von der Schule ab und wir fahren zu McDonald's und dann in den Tierpark. Die Aussage darüber, dass ich gesund, erleichtert mich unfassbar. Und um meinen Gesundheitszustand zu erhalten, nehme ich mir vor, nur noch geschützten Geschlechtsverkehr mit Frank zu haben. Denn ich möchte weder weitere Kinder, noch eine Krankheit.

Da ich vieles fatalistisch sehe, denke ich jetzt, dass ich das Schicksal oft genug herausgefordert habe, auch in Bezug auf Krankheiten, die ich mir bei Frank hätte holen können. Ich bin gespannt auf Franks Reaktion. Aber vermutlich kann ich mir damit Zeit lassen, da er sich jetzt wieder anderen Frauen widmet. Das ist auch so eine ganz seltsame Facette an mir, ganz oft erscheint mir mein Leben nicht lebenswert und gleichzeitig habe ich so eine Panik vor dem Tod und Krankheiten. Einfache im Sinne von gut und vollständig heilbaren Krankheiten wie Brüche wieder rum, empfinde ich als „angenehm", da ich dann einfach mal offiziell nichts tun kann ohne schlechtes Gewissen.
Mich überkommt ein Gedankenblitz. Ganz nüchtern sehe ich mein Leben nun als Vereinbarung zwischen

Frank und mir. Mein Gehalt ist mein
Haushaltsgeld, und dass ich mit den
Kindern im Haus wohnen kann,
meine Arbeit ist die Versorgung der
Kinder. Da ich es verpasst habe,
meine Karriere als Fotokünstlerin zu
starten und in die Welt zu gehen,
und das aufgrund der Fußfessel
Kinder auch nicht mehr kann, ist der
Deal nun, dass ich das Beste daraus
mache, und dass ich bei Frank und
den Kindern festhänge. Den sozialen
Abstieg möchte ich auch nicht.
Wobei ich manchmal nicht weiß,
was würdeloser ist: Hartz IV oder
der Deal mit Frank. Irgendwann
bemerkt Frank mich auch wieder,
ich bin cool und freundlich, frage
nicht wo er war, wohin er geht und
was er macht, ich habe sein Essen
bereit und lasse ihm die Wahl, ob er
sich ohne mich noch einmal mit
Geschäftskunden trifft oder bei mir
isst oder was er macht. Frank ist
sichtlich irritiert, dass ich über einen
längeren Zeitraum nicht quengle.
Jetzt, wo ich mit freundlichem
Gesicht keine Fragen stelle, fängt

Frank an, sich zu erklären, was er
macht, wohin er fliegt, um welche
Bilder es geht. Ich bin mit den
Gedanken gar nicht dabei, nur froh,
dass er keinen Ärger macht und
fühle mich auch etwas
geschmeichelt, dass er versucht
mich einzubeziehen. Nun passiert
etwas, dass Jahre nicht passiert ist,
Frank ruft mich von unterwegs an
und spricht mit mir über die
gemeinsame Zukunft, dass er gerne
mehr Familienleben hätte, und auch,
dass er gerne mit mir und den
Kindern einen schönen Badeurlaub
verbringen möchte. Vielleicht
irgendwo, wo es auch
Kinderbetreuung gibt, so dass wir
auch ausreichend Zeit für uns haben.
Frank schlägt einen Badeurlaub in
der Türkei vor, ich bin schockiert.
So wie wir wohnen, ausstaffiert sind
und die Millionen und die
Gesellschaft, in der Frank sich
begibt, da passt doch ein all-
inclusive- Badeurlaub in der Türkei
nicht dazu. Da sollte es mindestens

Côte d'Azur sein, wenn nicht
Seychellen oder Barbados.

Franks häufige Anrufe irritieren
mich, ich überlege, ob er mich
kontrolliert, ob er sich mitteilen
möchte oder ob er einfach damit,
dass er versucht meine geheimen
Wünsche zu erraten und vorgibt,
sich das gleiche zu wünschen, er
damit einfach eine Bindung
erzeugen möchte. Von „Bindung
festigen" kann man da sprechen.
Gemeinsame positive Momente sind
wie Kitt. Da auch unser Sex
zugegebenermaßen, warum auch
immer, jedes Mal gut ist, klebe ich
so an Frank. Franks Ausspruch „was
wir haben, ist selten" bringt mich
tatsächlich zum nachdenken und ich
frage mich, warum ich den Sex mit
Frank als so viel besser als mit
anderen Männern empfinde. Ich
grübele, vergleiche und überlege,
tatsächlich, warum ich denn Sex mit
Frank als so außerordentlich gut
empfinde. Und dann kommt mir die
Lösung in den Sinn. Warum ich und

so viele andere Frauen so auf Frank
abfahren. Das tolle an Frank ist, dass
er nicht fordert und keine
Anweisungen gibt, auf Wünsche
eingeht, und sich auch über Jahre
hin weg merkt, was gefällt und was
nicht. Bei einmaligem sagen und
abwinken, was man möchte und was
man nicht möchte. Beim Sex fordert
Frank nicht und gibt gerne und er ist
völlig präsent. Dazu kommt, dass
Frank Dinge akzeptiert wie wir
lassen das Licht aus. Frank hat keine
Neigungen, die er befriedigt haben
möchte, er bettelt nicht nach Anal-
oder Oralverkehr. Frank ist immer
glücklich über das, was man
freiwillig gibt. Und alles, was mit
Frank und Sex zusammen hängt,
fühlt sich selbstverständlich an, es
ist nie peinlich. Frank wird nie -
weder beim Sex noch in
Streitsituationen – beleidigend, was
sexuelle Fähigkeiten oder
körperliche Unzulänglichkeiten
angeht. Beleidigungen spart er sich
für berufliche Dinge auf und
Unzulänglichkeiten für den Alltag.

Nie aber für körperliche Dinge.
Wahrscheinlich weil er weiß, wie
tief und lange solche Verletzungen
sitzen und wie nachhaltig sie ein
Sexleben beeinträchtigen können.
Als ich das nach Jahren realisiere,
hänge ich plötzlich wieder an Frank,
weil das alles Punkte sind, die mir
kein anderer Mann geben konnte.
Bei anderen Männern gab es
Betteleien nach Analverkehr oder
Blasen. Dummes „so muss es sein",
„mach' mal ein Hohlkreuz", und
sonstige Nachlässigkeiten beim Sex.
Dazu Kritik an schlecht rasierten
Beinen, Hornhaut an den Füßen oder
sonstigen Dingen, die man nicht
hören möchte. Alles Dinge die Frank
nicht von sich geben würde. Frank
würde einen nie bei sexuellen
Handlungen in Verlegenheit
bringen. Frank kommt sogar
meinem Wunsch nach Kondomen
nach. Ich bin selbst überrascht, denn
als ich ihm am Telefon sage,
nachdem er mit mir geflirtet hat und
ich mir denken konnte, dass es auf
Sex hinausläuft, er solle Kondome

mitbringen, dass er das auch wirklich macht. Grinsend sagte zu mir „du hast mich aufgefordert Kondome zu kaufen, also habe ich Kondome gekauft". Frank möchte „leben", das flüstert er mir auch beim Sex ins Ohr. Scheinbar gehört fremd gehen für ihn zum Leben. Ich gewöhne mir an, die Kondome im Badezimmer zu zählen, wenn Frank schläft. Es fehlt keins, dass er nicht mit mir benutzt hat. Ich hätte Frank auch zugetraut, dass er einfach den Rest Kondome von seiner letzten Eskapade offen auspackt. Das heimliche Zählen der Kondome wird zur Obsession bei mir. Immer wenn die Zahl stimmt und sie stimmt seltsamerweise immer, denke ich, er ist doch ein Guter. Bis es mir mit Schrecken einfällt, dass es sein kann, dass er einfach mit den anderen ohne Kondom Sex hat, und es passieren kann, dass eine dieser tollen Gespielinnen schwanger vor der Tür steht. Leider kann ich mit Frank nie offen über meine Ängste sprechen, da alles wirkt als sei ich paranoid und er der liebenswerte und beste und monogamste zur Familienvater, den man sich vorstellen kann. In der gemeinsam verbrachten Zeit, bin ich auch glücklich, aber wenn ich alleine bin, rasen die Gedanken durch meinen Kopf und meine Stimmung kippt innerhalb von Sekunden. Dazu braucht es nur einen ganz kleinen Trigger zum Beispiel ein Lied im Radio. „I just died in your arms tonight" kann mich völlig aus der Fassung bringen, vor allen Dingen nach einer guten Nacht. Dann sind Glück und Panik ganz nah bei einander. Wo ich mich so auf diesen Deal eingelassen habe, dass meine Arbeit die Kinder zu versorgen ist, und ich dafür im Haus wohnen kann und Taschengeld bekomme, mir bewusst ist, dass ich durch eigene Arbeit, es gar nicht schaffen könnte, so zu wohnen, solche Kleidung zu haben und so ein Auto zu fahren, drängt sich mir der Wunsch nach Emanzipation auf. In diesem Fall heißt Emanzipation, was Frank kann

kann ich auch und zwar in Bezug
auf wechselnde Sexpartner. Ich will,
dass er sich für mich interessiert, er
soll mitbekommen, dass ich auch
andere Männer haben kann. Deshalb
demonstriere ich Frank auf einer
Hochzeit, zu der wir beide
eingeladen sind, dass ich auch kann
was er kann. Nämlich Sex mit einem
x-beliebigen austauschbaren Mann
haben. Im Laufe der Hochzeit
werden in einem extra dafür
aufgebauten und geschmückten
Pavillon Fotos von den
Hochzeitsgästen gemacht. Den
Fotografen kenne ich vom Studium
her. Wir schäkern ein bisschen.
Motiviert, Frank eins auszuwischen,
angesteckt durch die lasszive frivole
Stimmung dieser Hochzeit und den
Fotografen, der mich wissen lässt,
dass er mich immer schon
begehrenswert fand, betrete ich den
Pavillon noch einmal während der
Fotograf aufräumt. Und so spontan,
wie ich es mir nie hätte träumen
lassen, schiebt der mein Kleid hoch,
zieht mir mein Höschen runter und

wir haben Sex. Aber scheinbar
werde ich vermisst und genau das,
was ich insgeheim wollte passiert
und ist mir jetzt unendlich peinlich.
Es ist Frank, der mich gesucht hat
und auch findet, leider ist er nicht
alleine, der Bräutigam hilft ihm
suchen. Endlich habe ich Frank mal
so blamiert wie er mich sonst.
Endlich hat er mal mitbekommen,
dass ich ganz schnell andere Männer
haben kann. Erst zu Hause merke
ich, dass ich viel zu weit gegangen
bin. Panik überkommt mich, dass
Frank diesen Fehltritt auf einem
sozialen Event, nämlich der
Hochzeit seines Freundes, zum
Anlass nehmen muss, sich scheiden
zu lassen zur Ehrenrettung.

Nichts wird so heiß gegessen, wie es
gekocht wird

Frank ist zwar sichtlich schockiert
über diese Aktion, aber es findet
auch wieder ein
Versöhnungsgespräch statt. Ich
erläutere Frank meine Beweggründe

und er zeigt sich erstaunlich empathisch und verständnisvoll. Bei Frank ist das Leben immer bunt, nie schwarz oder weiß. Manchmal überlege ich, ob Frank sich einfach nicht für mich interessiert, oder ob er wirklich so tolerant ist, jedenfalls geht das Leben „normal" weiter. Frank & mein normal. Ich erkläre Frank, dass ich auch einen Stallkoller habe, und auch einfach mal mit Freunden ausgehen und etwas trinken möchte, und er dann nach den Kindern schauen soll. Frank kümmert sich gerne um die Kinder und ist auch damit einverstanden, zu den Zeiten, zu denen er eh zuhause ist. Und so kommt es zu dem Abend, an dem ich mit meiner Clique in „der" Champagnerbar lande. Innerhalb der Clique kommt es zu Streitigkeiten und mit wachsendem Alkoholkonsum, Profilneurosen, Feindseligkeiten, Eifersüchteleien bricht ein handfester Streit innerhalb der Clique aus. Die anderen Gäste halten sich bedeckt und übergehen das schlechte Benehmen. Als man mir (im übertragenen Sinn) einen Spiegel vor hält, bin ich völlig außer mir, da ich nicht laut ausgesprochen hören möchte oder besser gesagt, es keinem Fremden zusteht, auszusprechen, warum ich mich selbst nicht reflektiere. Aber jetzt bekomme ich gesagt, wie es ist: dass ich selber noch nichts auf die Beine gestellt habe dass ich mich auf Frank, der mich betrügt ausruhe. Ich mich selbst nicht aus der Scheiße ziehen kann und die Kurve nicht mehr bekomme. Außer mir vor Wut schreie ich und schlage um mich. Und der Barmann hat nichts besseres zu tun, als Frank anzurufen. Frank ist geschockt, kommt mich aber nicht wie vom Barmann aufgefordert abholen. Stattdessen ruft er bei meinen Eltern an und schickt meinen Vater mich abholen. Ich weiss davon in dem Moment nichts. Als ich meinen Vater die Bar betreten sehe, bin ich schlagartig nüchtern. Mein Vater zahlt meine Zeche und signalisiert mir wortlos,

ihm zu folgen. Schweigend gehen
wir zum Auto und schweigend fährt
mein Vater mich zu Frank nach
Hause. Die ganze Zeit hoffe ich,
dass mein Vater mir das verzeiht.
Beim aussteigen schaue ich meinem
Vater tief in die Augen in der
Hoffnung, Vergebung oder
Verständnis zu sehen. Er erwidert
zwar meinen Blick, aber alles was er
mir zu sagen hat, ist, dass wir später
darüber sprechen. Ich bin
unglaublich wütend auf Frank, weil
er meine Eltern mit hinein gezogen
hat. Vor meinen Eltern habe ich
doch auch so gerne die Mutter,
Fotografin und Ehefrau gespielt. Ich
wollte nicht, dass meine Eltern
wissen, wie es hinter den Kulissen
aussieht. Jetzt realisiere ich das
meine Eltern viel mehr wissen, als
ich erahnt habe. Ich fühle mich
bloßgestellt. Ein neues Level an
Unverzeihlichkeit bei Frank ist
erreicht. Und gleichzeitig die
Ernüchterung, weil ich weiß, dass
ich zum Beispiel nicht zurück zu
Paul kann, weil der einfach zu alt

und zu eigensinnig ist, das eine Frau mit zwei kleinen Kindern bei ihm einzieht. Das muss Paul nicht mal aussprechen, das spüre ich so. Das bevorstehende Gespräch mit meinen Eltern belastet mich. Ich muss immer an dieses Kinderbuch denken: „Wenn das meine Mutter wüsste, das Herz im Leib Zeit tät ihr zerspringen. Manchmal hoffe ich, dass mein Vater sagt diese Aktion in der Champagnerbar bleibt unser Geheimnis, er erzählt es meiner Mutter nicht, aber das ist wahrscheinlich auch wieder unrealistisch.

Also mache ich, was ich am besten kann: ich blende das aus. Und ich merke, dass ich im Alltag voll in meiner Scheinwelt lebe. Zum Beispiel beim Bäcker, da spüre ich meine Verachtung für eine bestimmte Verkäuferin. Eigentlich ein nettes Mädel in ihrer Uniform, freundlich lächelnd. Aber wenn ich auf der anderen Seite der Theke stehe, ausstafiert und vor Wohlstand strotzend, fühle ich mich erhaben, weil ich nicht den ganzen Tag da stehen muss und am Ende das bekomme, was ich bei meinen Reparationskäufen für ein Paar Stiefel ausgebe. Diese Frauen müssen mich beneiden. Oder sie sind so stumpf, dass sie es nicht bemerken. Am wahrscheinlichsten bin ich ihnen egal und sie sind zufrieden mit dem, was sie haben.

In meiner seltsamen Haltung aus Unsicherheit, bloßgestellt sein vor den eigenen Eltern, und der Unsicherheit, ob Frank noch weiter mitspielt, von jedem abhängig sein, bin ich übel drauf, denn ich hänge an meinen Pfründen. Meinen Frust kann ich nur an fremden Leuten auslassen, bei meinen Eltern möchte ich mich gar nicht blicken lassen, bei Frank bin ich vorsichtig, denn die Konsequenzen einer Trennung möchte ich nicht tragen. Und die öffentliche Schande möchte ich auch nicht. Meine Verachtung für die, die genauso wenig Leben geschafft haben wie ich, und nur alles für dich so alles für die Nachbarn, alles für die Leute machen lasse ich raushängen. Das ist mir manchmal selbst unangenehm wie bösartig ich mich besonders Fremden gegenüber verhalte. „Arroganz ist das Selbstbewusstsein des Minderwertigkeitskomplexes" oder wie war das? Und wie so oft, wenn ich am Boden zerstört bin, kommt Frank auf mich zu. Frank hat einen Riecher dafür, den richtigen Moment ab zu passen, an dem ich ihm unendlich dankbar bin. Aus heiterem Himmel kommt eine Liebeserklärung von Frank. Ich bin völlig überrascht, dass Frank darauf anspricht, dass er noch genau weiß wie ich aussah als ich das erste Mal die Galerie betreten habe, was ich anhatte, wie es abgelaufen ist. Und nachdem so viele schöne Worte kamen und wie sehr er mich jetzt liebt, kam die Überleitung dazu, wie ich mich verhalte. Frank erklärt mir, dass mein Verhalten auch negativ auf ihn zurückfällt, Kunden und Mitarbeiter in nicht ernst nehmen, wenn ich mich so aufführe. Es ist wichtig, dass er ein gutes Standing hat und sich auf mich verlassen kann. Frank hält einen Monolog darüber, dieses Mal ohne ein Glas Weißwein in der Hand, genau wie bei unserem ersten Treffen. Frank habe ich die Lust am Wein verdorben durch meine mittlerweile tägliche Sauferei. Frank erklärt mir, dass ich keine Ahnung habe wie das Leben läuft, und dass er von mir erwartet, wenn ich ihm nicht in der Galerie unterstütze, dass ich es wenigstens nicht schlimmer mache beziehungsweise nichts mache, was für ihn und sein Auftreten oder sein Ansehen von Nachteil ist. Leider findet Frank auch die Überleitung dazu, dass ich jegliche Foto-Aufträge ausschließlich durch ihn habe. Ich mache Fotos von seiner Galerie, seinen Ausstellungen und den Werken, die er verkauft. Es sei denn, er ist auf Reisen, dann machen das andere Fotografen. Leider! Aber was richtig ist, ist, dass ich außer von Frank vermittelt keine Kunden habe. Alle auf Empfehlung von Frank. Oder von Paul, aber was von Paul kommt, ist so rar, dass es sich überhaupt nicht lohnt. Manchmal fotografiere ich auch die Hochzeiten von Freunden, aber das mache ich für ein Viertel des Geldes, die ein „Profi" nehmen würde und damit komme ich auch auf keinen grünen Zweig. Frustriert von meinem Gehalt dafür, und dass ich eigentlich keine Lust habe, Hochzeiten zu fotografieren und dem Eklat mit dem Fotografen auf der Hochzeit von Franks Kumpel, sind meine Hochzeitsfotos dermaßen lieblos, dass ich sicherlich damit keine neuen Kunden werben kann. Das merke ich selbst.

Während ich am Tiefpunkt bin, kommt wie so oft zu Ostern eine Wendung. Frank unternimmt mal wieder eine heimliche Spritztour mit dem Auto eines seiner Gönner, einem Schweizer Mäzen. Der hat sein Auto bei uns geparkt, während er mit einer kleinen Gruppe unterwegs ist, die Zutritt zu privaten Sammlungen bekommt. Frank hat aber nichts Besseres zu tun, als sich das Auto auszuleihen und damit einen anderen Kunstsammler zu besuchen. Auf dem Rückweg fährt Frank zu übermütig und zu schnell- es kommt zu einem fatalen Unfall. Nicht nur das Auto ist ein Totalschaden, auch Frank ist schwer verletzt und hat dieses Mal nur eine Gehirnerschütterung und den rechten Arm gebrochen. Nach kurzer Zeit im Krankenhaus kommt Frank nach Hause und ich versorge ihn, zumindest körperlich ist er nun der Schwächere. Aber ich genieße es, ihn zu pflegen und ihm meine Fürsorge zukommen zu lassen. Das erwärmt auch unser zwischenmenschliches Verhältnis. Jetzt, wo ich mich in schweren Zeiten um Frank kümmere und er meine Fürsorge genießt und so schwach ist, bessert sich unser Verhältnis. Ich spüre auch sehr viel Zärtlichkeit für den verletzten Frank. Und Frank verspricht mir in diesem

Zustand, dass wir die Kinder über
Pfingsten weggeben und gemeinsam
etwas richtig Schönes unternehmen.
Nur er und ich und bis Pfingsten ist
er fit. Voller Vorfreude sehe ich
Franks Genesung zu und freue mich
auf Pfingsten. Ich bin gespannt,
wohin wir fahren und meinen
romantischen Wahnsinn erhoffe ich
mir ein paar Tage bei schönstem
Wetter in Paris mit Frank.
Ausgehen, feiern, Champagner
trinken, etwas bei Chanel kaufen,
flanieren, und in einem wahnsinnig
tollen Hotel das Frühstück aufs
Zimmer kommen lassen. Diese
Fantasie beflügelt mich durch die
Zeit bis dahin. Ich spreche Frank
auch gar nicht mehr darauf an, weil
ich mir sicher bin, dass er sich als
Überraschung etwas Wunderbares
ausgedacht hat, und wenn es nicht
Paris ist, ist es genauso gut. Ich
stelle auch gar keine Fragen
bezüglich der Kinder, weil ich
einfach der festen Überzeugung bin,
dass Frank sich um alles gekümmert
hat auch als Zeichen seiner

Dankbarkeit für meine Pflege. Und als ich an dem Donnerstag vor Pfingsten merke, dass er packt, ohne mich aufzufordern zu packen, schmiege ich mich an ihn und frage wohin es geht. Frank erklärt mir, dass er noch einmal nach London fliegen muss zu einer Kunst-Veranstaltung. Ob er vergessen hat, mir das zu sagen, fragt er. Ich bin wie vor den Kopf gestoßen und völlig irritiert. Ich stammle, dass wir etwas gemeinsam machen wollten. Und Frank ist es echt verwundert, wie ich darauf komme, dass dieses Event in London doch jährlich stattfindet und er gar nicht weiß, wie ich auf die Idee kommen könnte, dass er da nicht hin fährt beziehungsweise, dass wir ausgerechnet über Pfingsten, wo alles überfüllt ist weg fahren. Ich könnte schreien vor Wut. Wie konnten wir so aneinander vorbei reden? Ich bin mir sicher, dass Frank mich vorsätzlich verarscht hat, um mich bei Laune zu halten und mir dann eins auszuwischen._ „Ätsch!

Ich fahre nach London und du
hängst zu Hause" bilde ich mir
Franks Häme ein. Jetzt überlege ich,
wie ich Pfingsten schnell vorüber
bekommen könnte, denn ich habe
eigentlich überhaupt keine Lust,
etwas kinderfreundliches zu machen.
Trotzdem frage ich meine
Schwester, ob ich sie mit den
Kindern besuchen kommen kann.
Sie willigt ein, ich bin unmotiviert,
das Kindergeschrei ihrer und meiner
Kinder schallt mir jetzt schon in den
Ohren, aber so ist es, das tolle
Mutter sein. Aber auch Pfingsten
geht vorüber, wir kommen wieder
nach Hause, die Kinder gehen
wieder zur Schule.

Am zweiten Schultag verschlafe ich
und bringe die Kinder erst auf den
letzten Drücker zur Schule.
Natürlich haben sie gefrühstückt und
sind versorgt, aber ich bin weder
geduscht noch habe ich selbst
gefrühstückt noch bin ich versorgt.
Entgegen meiner sonstigen
Gewohnheiten fahre ich wieder nach

Hause nachdem ich die Kinder an
der Schule abgesetzt habe. Und
freue mich auf eine ausgiebige heiße
Dusche und plane, mich nach dem
duschen mich noch einmal
hinzulegen. Ich komme also nach
Hause und genieße die Stille im
leeren Haus, ziehe mich aus, stelle
mich unter die Dusche und lasse
einen harten Strahl heißes Wasser
auf mich niederprasseln. Da klingelt
es. Ich habe aber nichts bestellt und
erwarte niemanden und hoffe
einfach, dass der Störenfried wieder
geht. Der Störenfried geht aber
nicht, sondern ich höre unter der
Dusche, dass jemand ins Haus
eindringt nicht mit Gepolter,
sondern so, als ob er einen Schlüssel
gehabt hätte und höre die Schritte
von mehreren Menschen im Haus.
Ich frage mich, ob Frank tatsächlich
unangekündigt mit mehreren Leuten
zu uns nach Hause kommt, um was
auch immer bei uns zu Hause zu
machen. Ich denke mir, ich muss gar
nicht hingehen, weil man es auch
nicht für nötig gehalten hat, mir die

Gruppe anzukündigen. Ich nehme also eine „leck mich am Arsch"-Haltung ein. Im Geiste lege ich mir schon zurecht, was ich zu Frank sage, wenn er mir suggeriert, dass ich irgendetwas falsch mache: wenn man sich nicht anmeldet bei mir, es nicht nötig hat, mir zu sagen, dass man mit Besuch nach Hause kommt, kann man natürlich auch nicht erwarten, dass ich mit gedeckter Tafel, Häppchen, Kaffee, Wasser und was die Leute so möchten, bereitstehe. Und dann höre ich, dass sich mehrere Leute nach oben bewegen. Frank meint, ich sei nicht zu Hause und zeigt den Leuten das ganze Haus... aber er muss doch das Wasser hören, denke ich und spüre Wut in mir hochsteigen, fühle mich in meiner Privatsphäre gestört, weil Frank so auf gar nichts mehr Rücksicht nimmt, immerhin könnte ich nackt sein oder unter der Dusche stehen. Dann klopft es an die Badezimmertür, ich rufe „jetzt nicht!" und dann sagt eine fremde Stimme, ich solle bitte aus dem

Badezimmer kommen, mir etwas
überziehen und ich bekomme Angst.
Aber wenn, der, der geklopft hat,
mir etwas tun wollte, hätte er schon
längst das Bad gestürmt. Die Tür ist
nicht abgeschlossen. Das macht ja
auch keinen Sinn darauf zu warten,
dass das Opfer trocken ist.
Außerdem hat er irgendwas gesagt,
was ich nicht verstanden habe, was
sich aber auch nicht bedrohlich
angehört hat. Bockig trockne ich
mich ab und ziehe mir einen
Bademantel über, dann verlasse ich
das Bad um nachzusehen, ob das
versteckte Kamera ist oder was bei
uns los ist. Ich komme mir vor wie
in einem schlechten Film, in
unserem Flur stehen insgesamt vier
Leute, drei Männer und eine Frau.
Kurz zusammen gefasst suchen sie
Beweise dafür, dass Frank Steuern
hinterzogen hat und für einen
Betrug. Von mir wollen Sie wissen,
wo Frank ist. Die ehrliche Antwort
ist, dass ich es nicht weiß. Ich sage
das voller Frust, weil ich merke wie
es mich ankotzt, dass ich nie weiß

wo er ist, und er sich auch nicht bei mir an oder abmeldet. Wenige Minuten später betritt Frank völlig aufgeregt das Haus und kommt nach oben. Ich bin so sauer, ich kann es mir nicht verkneifen, loyal hin oder her, aber ich schreie ihn an: „was hast du dummes Schwein da gemacht?". Frank macht einen auf Uwe Barschel und beteuert, nichts und er gäbe sein Ehrenwort, dass er nichts gemacht hat. Der Typ ist so zum kotzen, er hat mir den ganzen Morgen und die ganze Ruhe verdorben, ich wollte mich ja eigentlich hinlegen. Irgendwann ist auch dieser Horror vorbei und und Frank erzählt mir seine Version der Geschichte. Frank erzählt mir, dass er nicht nur Kunstwerke vermittelt, sondern es auch geschafft hat, dass er Kunstwerke selbst ankaufen kann und dann selbst verkauft. Fank hat ein verschollen geglaubtes Gemälde zu einem Kaufpreis von 4 Millionen, selbst angekauf, und auch selbst weiter verkauft. Der Käufer ist ein Chinese. Frank erklärt mir, dass er

vom Chinesen per Überweisung den
Kaufpreis in Höhe von 4,3 Millionen
auf sein Konto überwiesen
bekommen hat. Und der
Geldwäschebeauftragte der örtlichen
Sparkasse, bei der Frank sein Konto
hat, Frank angezeigt hat. In den
nächsten Monaten kann sich alles
aufklären. Frank geht straffrei aus
der Sache raus, weil alles
nachvollziehbar ist und sich klären
lässt. Es kehrt wieder Ruhe ein,
Frank kann ungehindert weiter
seinen Geschäften nachgehen. Das
einzige was Frank noch ab und an
tut, ist dass er den Rache Gedanken
bezüglich des
Geldwäschebeauftragten der
örtlichen Sparkasse nachgeht. Er
malt sich aus, wie es wäre eine
Prostituierte zu bezahlen, die dann
den Geldwäschebeauftragten
beschuldigen soll, etwas perverses
getan zu haben. Frank malt sich
dann aus wie der Geldwäsche
beauftragte seiner Ehefrau und
seinen Kindern erklären muss, dass
er kein Perverser ist, und dass er

völlig zu unrecht beschuldigt wurde.
Dann ist er genauso ein Opfer wie
Frank und sieht wie ungerecht das
ist, wenn man einfach beschuldigt
wird, ohne dass man etwas falsch
gemacht hat. Franks Rachegedanken
sind schnell vergessen und so kehrt
der Alltag ein. Das Einzige was ist,
dass Frank irgendwie beflügelt ist
und sich bestätigt darin fühlt, dass er
alles richtig macht, im Recht ist und
Erfolg hat. Ich kann auch etwas von
Franks Höhenflug profitieren, da ich
nun Fotos von besagtem Bild
machen darf und so eine kleine
Story über den Fund und den
Verkauf dazu schreiben. Frank lässt
kleine Booklets dazu drucken, die
Kurzgeschichte dazu wir dieses
Werk gefunden hat, wie es
restauriert wurde und wie es an den
Chinesen vermittelt wurde, und dass
es demnächst als Leihgabe nach
München in die Pinakothek kommt.

*****

Es bleibt nicht lange beschaulich in Franks und meinem Leben. Frank möchte zu Silvester einen Freund in Berlin besuchen und mit ihm eine Sause machen. Ich bin entsetzt. Wir haben ausnahmsweise Schnee auf den Straßen zu Silvester als Frank sich auf den Weg nach Berlin macht. Es schneit weiter und Frank bringt es tatsächlich, mit Sommerreifen los zu fahren. Bis Hannover schafft er es, wo er dann am Bahnhof sein Auto parkt und mit dem Zug weiter nach Berlin fährt. Alles, was ich weiß, ist, dass besagter Kumpel ein Studienfreund ist, der sich über Couchsurfing zwei Russinnen in die Wohnung geholt hat. Ich bin völlig außer mir, da mir meine Ohnmacht und meine Abhängigkeit mal wieder total bewusst wird. Ich versuche, mich zusammen zu reißen und für die Kinder einen schönen Silvesterabend zu gestalten. Gegen 17 Uhr teilt mir Frank mit, dass er gut angekommen ist. Ich bin angespannt und eifersüchtig. Eine gute Stunde später ruft er erneut an und ich wünsche mir, während das Telefon klingelt, dass er so etwas sagen wird, wie dass es ihm leidtut und er zurückkommt, es hoffentlich bis Mitternacht schafft, wieder zuhause zu sein. Er sagt: „Ich hoffe, Du bist jetzt zufrieden. Auf dem Weg zum Geldautomaten bin ich ausgerutscht, habe mir ein Bein gebrochen und bleibe erstmal im Krankenhaus." Bämm. Karma. Ich bin tatsächlich zufrieden, dass das Schicksal ihm einen Strich durch den russischen Silvesterabend in Berlin gemacht hat. Ich entspanne mich schlagartig und verbringe einen wirklich schönen Abend mit den Kindern mit viel Quatsch, Kinderfeuerwerk und Kinder-Bowle.

Drei Tage später kommt Frank mit seinem gebrochenen Bei nach Hause. Sein Auto braucht deutlich länger. Im Schneetreiben hat er nicht gemerkt, dass er im absoluten Halteverbot steht, das Auto wurde abgeschleppt.

Es folgen acht beschauliche Wochen
in denen Frank sich zuhause
auskuriert. Ich mag es, zu wissen,
wo er ist. Bin ich ein Kontrollfreak
oder sehne ich mich nur nach
Sicherheit? Nachdem Franks Bein
wieder in Ordnung ist, ist er auch
schon wieder weg.

Bei der ersten Gelegenheit lernt
Frank Nicole kennen, ich weiß
tatsächlich nicht, wann, wo und wie.
Meine Vermutung, dass Frank seine
acht Wochen zuhause auch für
Online-Dating genutzt hat, weist er
von sich, als sei das eine total
abwegige Idee. Egal, wann, wo und
wie, Frank verliebt sich in die
amerikanische Kunstjournalisten
Nicole, die in München und
Kitzbühel lebt und eine Tochter hat.
Dieses Mal ist Frank total verliebt,
stellt sie den Kindern vor und
möchte die Scheidung. Ich bin so
geschockt, dass es keine heimliche
Affäre ist, sondern er mich
tatsächlich verlassen möchte, dass
ich wie gelähmt bin. Es verletzt

mich unglaublich, dass er sagt, dass
diese Nicole genau die Richtige ist.
Er sagt, dass er, wenn es mit dieser
Nicole nicht klappt, er sich
zugesteht, dass er einfach nur ein
Hurenbock ist und keiner Frau mehr
erzählt, er wolle eine Beziehung.
Sollte es mit Nicole scheitern, will
er offen damit umgehen, dass er nur
Sex und Spaß möchte. „Er möchte
leben" formuliert er es wie so oft.

In den nächsten Wochen dreht sich
alles darum, Zeit für Nicole zu
haben, die Kinder und Nicole zu
vergesellschaften. Seine Euphorie
und Nicoles Priorität ziehen mich
runter. Nach einem Internet-
Selbsttest zum Thema Depression
bin ich laut meiner Gefühlslage
schwer depressiv. Und ich gebe
mich lethargisch in mein Schicksal.

Die Kinder teilen Franks Faszination
an Nicole nicht. Frank scheißt zwar
auf meine Gefühle, nicht aber auf
die der Kinder. Und so kommt es für
mich völlig aus der Luft heraus, dass

Frank einen Familienurlaub plant.
Natürlich „den Kindern zuliebe",
eine weitere Lieblingsfloskel von
Frank.

Wahnsinn

Trotz Franks neuer großer Liebe
reisen wir gemeinsam mit den
Kindern auf die Seychellen mit
allem drum und dran. Damit meine
ich, dass Frank eine Strandvilla der
Luxusklasse mit allem erdenklichen
an Annehmlichkeiten gebucht hat.
Die Kinder freuen sich riesig. Ich
bin verunsichert, möchte meine
Würde bewahren und frage mich,
was Franks Intention ist. Ich glaube
nicht an „den Kindern zuliebe". Aus
meiner Sicht passt eine Luxusvilla
auf den Seychellen auch nicht als
Kulisse, um eine Scheidung zu
organisieren. Egal ob
einvernehmlich oder im Streit. Vor
der Abreise nehme ich mir vor,
Frank den ersten Schritt tun zu
lassen und nicht zu insistieren.
Schon der Flug wird zur Tortur. Zu

viele Sachen, die ich klären möchte.
Dazu kommt der enge Raum, auf
dem wir uns im Flugzeug zwischen
lauter Fremden befinden und die
Anspannung von Frank und mir, die
sich auch auf die Kinder überträgt.

Die zwei Wochen auf den
Seychellen sind ein Desaster. Wir
gehen uns so weit wie möglich aus
dem Weg und wechseln uns bei der
Kinderbetreuung ab. Zum ersten
Mal wird mir bewusst wie krank
unsere Beziehung ist: Frank meint,
er könnte mich kaufen inklusive
Anerkennung für sich und meiner
Würde, und ich kann ihn einfach
nicht mehr ertragen mit seiner
Arroganz, seinen Eskapaden und
Affären. Und am meisten stört mich
meine Abhängigkeit von ihm. Die
Alternative zu Frank wäre Hartz 4.

Also, mache ich den Kindern zuliebe
das Beste aus diesem
„Familienurlaub". Gemeinsames
Frühstück und Frank plant, die
„Männeraktivitäten", zeitgleich darf

ich zum Yoga und die
Wellnessbehandlungen des Resorts
nutzen. Frank findet sich selbst
super – er geht mit den Kindern
segeln, schnorcheln, tobt mit ihnen
am Pool und zeigt ihnen
Schildkröten während ich mich
unglaublich einsam fühle bei den
Anwendungen und der Kulisse, um
die mich vermutlich so ziemlich
jeder beneidet. Frank hat mich
ausgeschlossen und ist der Tolle, der
sowohl mir undankbaren Frau etwas
bietet als auch die Kinder unterhält.
Mir zeigt das wieder nur auf, dass
ich einen viel zu hohen Preis zahle
für ein Leben, das mir keinen Spaß
macht.

Frank denkt auch keine Sekunde
daran, sich mit mir zu versöhnen, er
macht den Kindern eine Freude und
möchte danach sein Leben mit
seiner neuen Flamme genießen. Das
ernüchtert mich dermaßen, dass ich
in einer Art Schockstarre bleibe.

Die Zeit, die Frank mir nicht
entkommen kann nutzen wir zur
Klärung und ich spüre, dass mir
Frank entglitten ist. Dieses Mal ist er
ernsthaft in eine andere Frau
verliebt. Und mein einziger Trumpf
ist, dass er mich meint, mich zu
brauchen, um seinen Kindern eine
schöne Kindheit zu bieten.

Endlich ist dieser Urlaub vorbei und
schon beim Rückflug fühle ich mich
entspannter als bei jeder Wellness-
Massage. Der Urlaub ist vorbei, aber
ist das nach dem Urlaub so viel
besser?

Franks neue Flamme Nicole scheint
Frank nicht zu glauben, dass er den
Urlaub über mit mir maximal
gestritten hat, und dass das kein
Luxus-Liebesurlaub war. Sie
verlässt ihn und bricht jeglichen
Kontakt ab. Entgegen seiner
Gewohnheit kommt Frank nach
Beendigung dieser Affäre nicht zu
mir zurück. Wut, Erniedrigung und

Hilflosigkeit machen sich in mir
breit.

Während ich nicht so richtig weiter
weiß, erfindet Frank sich neu.
Nachdem er so erfolgreich seinen
Kopf aus der Schlinge bekommen
hat, fühlt er sich unantastbar und
geht seinen Geschäften mit neuem
Elan nach.

**Wandel zur Familienfotografie –
noch ein Neustart**

Als Mutter von Zwillingen und mit
zwei Geschwistern aufgewachsen
kommt mir der Gedanke, mich auf
Familienfotografie zu spezialisieren:
das wirkt authentisch aus unserem
Haus, in dem ich schon ein sehr
schönes Studio habe und mich selbst
auch als Familienmensch inszeniere.
Ich lasse eine neue Homepage
erstellen und winke mit dem
Zaunpfahl, wo es nur geht, wie gut
und schön Familienfotos sind: als
persönliche Erinnerung, als

Geschenk für die Großeltern und die
Taufpaten...

In Panik, weil ich nicht weiß, wie
lange Frank für mich bezahlen kann
und möchte, wage ich einen Neustart
mit meiner Fotografie. Ich lasse eine
neue Homepage erstellen als
Familienfotografin. Das wirkt
bürgerlich und seriös und ich habe
genug hübsche Fotos von den
Kindern und meiner Schwester und
ihrer Familie.

Frank wähnt sich so sehr in
Sicherheit nach seinem „Sieg gegen
das Finanzamt", dass er sich schon
unangenehm stütet. Er reist durch
die ganze Welt, knüpft neue
Kontakte und macht den einen oder
anderen Kunstfund. Mit den neuen
Kontakten und Funden wächst auch
Franks Selbstvertrauen noch mehr
und er leiht sich immer mehr Geld,
um auch teure Kunstwerke nicht zu
vermitteln, sondern damit zu
handeln.

Zwei Jahre nachdem man mich unter der Dusche überrascht hatte, wird Frank verhaftet. Man hat ihn penibel überwacht in den letzten zwei Jahren und kann ihm nun Betrug, Fälschung und Steuerhinterziehung nachweisen. Er kommt in Untersuchungshaft und die Kaution von einer Million Euro stellt Niemand. Die Höhe der Kaution ist ein Schachzug von Franks Rechtsanwalt gegen Frank. Leider arbeitet Franks Rechtsanwalt im Auftrag zweier Mäzene, die sich von Frank betrogen fühlen, damit aber nicht an die Öffentlichkeit möchten.

Meine Gefühle sind gemischt zwischen Schadenfreude und Existenzangst. Frank wird bestraft, zwar nicht für das, was ihr mir angetan hat, denn obwohl ich es mir habe antun lassen, sehe ich Frank als Täter und mich als Opfer. Ich empfinde Genugtuung. Aber die Kinder leiden unter Franks Festnahme, den damit verbundenen Hänseleien in der Schule und ich

stehe den Kindern gegenüber in der
Verpflichtung, ihnen Normalität und
Geborgenheit zu geben. Deshalb
besuche ich Frank mit den Kindern
regelmäßig in der JVA.

Frank leidet sehr und wird in eine
andere 90 km entfernte JVA verlegt,
wo er besser betreut werden kann,
da Selbstmordgefahr besteht. Die
Tatsache, dass er genauso am Arsch
ist wie ich, beruhigt mich, obwohl
das so unfassbar irrational ist. Denn
wenn Frank nicht mehr
„funktioniert, ist das auch das Ende
meines Wohlstands, meines Hauses
und meines Autos.

Das Positive: Jetzt wo Frank im
Gefängnis ist, weiß ich auch endlich,
wo Frank ist. Mein Verständnis für
Frauen, die Knackis heiraten steigt
plötzlich. Es fühlt sich gut an zu
wissen, wo Frank ist. Und bestraft
gehört er aus meiner Sicht eh. Da
Frank zumindest tageweise sehr an
den Kindern hängt, die seiner
Meinung nach, eine schöne Kindheit

verdient haben – aber wer bitte hat
das nicht? – bin ich nun in einer
Machtposition: ich bringe, mal
abgesehen von seinem Anwalt,
Informationen von außen und die
Kinder. Ich bin auch nicht die
Einzige, die zu Besuch kommt.
Seine Mutter besucht ihn,
seltsamerweise teilt die JVA uns
gemeinsam ein und beim ersten
Besuch nach der Verlegung sitzen
wir zu sechst da: seine Mutter, eine
seiner Freundinnen, die ihn für einen
wohlhabenden, tollen Kerl hält, die
Kinder, ich und er. Ich fühle mich in
dieser Situation unglaublich
souverän. Den Kindern zuliebe halte
ich Nerven und bin höflich, zicke
nicht. Auf der Rückfahrt spüre ich
dann aber nichts als Wut. Und ich
kann mich nicht mal entscheiden,
wem meine Wut gilt. Seiner Mutter,
die sich das wie ein Voyeur anschaut
und ich mich demütigt, ohne ein
Wort zu sagen, seine Bumse, die da
sitzt als würde der Rest ihr Rendez-
vous stören, Frank, der es genießt,
dass eine weibliche Beamtin uns

beaufsichtigt und sich wohl ihren Teil denkt oder ärgere ich mich über mich selbst, weil ich nach der Eis-Affäre, ganz am Anfang unseres Kennenlernens, als er das mitgebrachte Eis einfach weg geworfen hat, überhaupt noch mal mit diesem Idioten gesprochen habe.

Wieder zuhause muss ich mich sammeln. In meiner ganzen Verzweiflung wende ich mich noch am gleichen Tag an Paul. Ich weiss zwar, dass es mit zwei Kindern kein zurück zu Paul gibt, der im Übrigen finanziell schlechter gestellt ist, als ich dachte und der die Miete in seinem gemieteten Anwesen nicht mehr gezahlt und hat und deswegen in eine Wohnung gezogen ist. Es ist nicht alles Gold, was glänzt: Paul hat sehr lange über seine Verhältnisse gelebt und nun bricht auch sein Kartenhaus zusammen.

Karma – Strafe –Verhalten

Das gilt scheinbar nicht nur für
Frank, sondern auch für mich.

Durch Zufall sehe ich mit einer
kleinen Gruppe den Film „A Star Is
Born" an. Selten hat mich etwas so
berührt und ich erkenne Frank und
mich wieder in dieser Geschichte
über Eifersucht und Loyalität. Ich
identifiziere mich mit der
Protagonistin, ihrer Größe und ihrem
Talent. Wie souverän sie mit ihrem
Partner umgeht, ihn liebt trotz seiner
Schwächen und ihm den Rücken
stärkt. Leider nimmt er ihre Liebe
nicht an und begeht Selbstmord,
weil er sich nicht ertragen kann.

Ich realisiere meine Situation und
Abhängigkeit mit jeder Rechnung,
die mich aus dem Briefkasten auf
den Boden der Realität holt.

Frank wird aus der
Untersuchungshaft entlassen und
findet überraschend schnell eine
Arbeit bei einem Galeristen als
Angestellter während er auf seinen

Prozess wartet. Da Frank sich mit
seiner Tätigkeit als Angestellter
einer Galerie ganz gut fügt, er weiß
auch nicht, ob er erneut in Haft
muss, versuche ich, ein normales
Familienleben zu führen, jetzt wo
Frank täglich pünktlich nach Hause
kommt. Ich begehe den Fehler und
besuche ihn in der Galerie. Er
begrüsst mich höflich, um mich
dann zu ignorieren. Ein anderer
Mitarbeiter der Galerie hält einen
fürchterlichen Monolog über seine
Trennung, und dass seine Ex sein
Besteck mitgenommen hat und er
Besteck kaufen muss. Es kommt der
Galerist hinzu und er unterhält sich
mit Frank über Rahmungen,
Kaschierungen und Auslieferungen.
Die Art und Weise wie Frank spricht
– total arrogant und überheblich –
und die fürchterliche, möchtegern-
elitäre Art mit der er die Namen der
Künstler nennt, widert mich an. Ich
verlasse die Galerie grußlos, am
liebsten würde ich mich in eine
andere Welt beamen, und gehe nach
Hause.

Dort hilft mir das Internet mit ein paar Reiseblogs zu einer Entscheidung, wie ich Abstandnehmen kann und meine Gedanken ordnen: ich fahre mit einem Containerschiff von Antwerpen nach New York. Schnell habe ich meine Eltern und Frank überzeugt, dass ich zwei Wochen für mich ohne den Einfluss des Alltags eine gute Sache seien. Ich buche als eine entsprechende Reise, bei der ich von Antwerpen aus über Southhampton nach Philadelphia fahre, von Philidelphia aus mit dem Aushängeschild von AMTRAK, dem ACELA-Express, fahre ich in weniger als 1 1/2 Stunden nach New York, wo ich noch nicht weiß, wann ich zurück fliege...

Aufgrund der Seychellen-Reise habe ich einen Reisepass und alles ist schnell geregelt, ich kann es kaum erwarten zu starten. Paul bringt mich mit dem Auto nach Antwerpen, dort esse ich mit Paul dekadent zu Abend

und ich träume mich in eine andere
Realität, in der es normal ist, dass
ich ein besseres Leben führe und mir
das auch leisten kann. Nach dem
Essen geht es aber schon zum
einschiffen, da das Schiff früh
morgens ausläuft. Paul bringt mich
zum Schiff, ich fühle Panik in mir
aufsteigen. Und merke, wie kritisch
ich beim einchecken beäugt werde.
Vermutlich denken die, das Geld ist
aus und ich muss deshalb auf ein
Containerschiff statt auf die Queen
Mary 2. Oder sie befürchten, dass
ich als Luxusdämchen mit hohen
Erwartungen die Crew mit meinen
Ansprüchen quäle.

Während ich meine Kabine beziehe,
überkommt mich Panik: ich fühle
mich unglaublich einsam,
abgeschnitten und es graut mir vor
der ursprünglich gewünschten
Distanz zu allem & allen. Plötzlich
überkommt mich auch die Angst vor
dem Atlantik, vor Stürmen und
Monsterwellen und vor den fremden
Leuten an Bord, vor denen es kein

Entkommen gibt. Die Leute an Bord sind mir nicht nur fremd, weil ich sie nicht kenne, sondern teilweise auch, weil sie wie die Crew aus einem anderen Kulturkreis kommen und anderer ethnischer Herkunft sind. Die Crew inklusive Kapitän besteht komplett aus Vietnamesen. Ich war noch nie in Asien. Nicht mal wirklich asiatisch essen, selbst als Sushi ganz groß im Trend war, war ich kein Mal in einem japanischen Restaurant. Selbst die thailändischen und vietnamesischen Restaurants, die zwischendurch mal mehr, mal weniger angesagt sind, kenne ich nur von außen. Wenn ich behaupte, daß ich die französische Küche bevorzuge, fällt mir auf, daß ich kaum etwas anderes kenne. Natürlich war ich auch schon italienisch essen oder in einem Brauhaus, aber meistens halt französische Bistroküche. Meine Eltern meiden asiatisches Essen, fällt mir ein.

Nachdem ich meine Kabine bezogen habe, geselle ich mich zu den anderen Passagieren. Außer mir sind noch sechs weitere Gäste an Bord: Stefan aus Berlin, selbstbewusst und unattraktiv, aber sympathisch. Günther und Christian, die beiden sind Vater und Sohn, und Matthias und Isabel, ein Ehepaar am Anfang ihrer Weltreise. Und Jessica, ein blondiertes Busenwunder mit aufgespritzten Lippen, sie gibt an, Mathematik zu studieren und ihre biedere Freundin Birgit, eine Sparkassen-Mitarbeiterin.

Ich nehme mir vor, mich zurück zu nehmen, gemäß „wer redet, erfährt nichts" zuzuhören und mich nicht in den Mittelpunkt zu stellen.

Ich bin total nervös. Während das Schiff entladen und beladen wird, weiß ich nichts mit mir anzufangen. Helfen kann und will ich nicht. Im Weg stehen möchte ich auch auf keinen Fall, also sitze ich in meiner Kabine und freue mich, dass mein

Handy noch normalen Empfang hat.
Da ich nach außen den Anschein
wahren möchte, dass ich ein
ausgefülltes Leben habe, melde ich
bei Niemandem. Also schaue ich mir
die Internetseiten der Elle und der
Vogue an und die einiger Luxus-
Labels und Kaufhäusern.
Endlich holt mich die mitreisende
Isabel ab, weil wir ablegen, was ich
ihrer Meinung nach nicht verpassen
soll. Jetzt wo es Richtung Atlantik
geht, schießt mir das Adrenalin
durch den Körper. Es gibt kein
Zurück mehr. Plötzlich mache ich
mir Sorgen, wie es meinen Kindern
ergeht, was Frank macht, dass meine
Eltern einen Unfall haben könnten
und ich auf dem Atlantik etwas
verpasse, das sich nicht nachholen
lässt. Ich male mir zig Situationen
aus in denen jemand, der mir
nahesteht, verstirbt und ich mich
nicht verabschieden kann. Mal
bekommt meine Mutter einen
Schlagunfall beim Autofahren und
verstirbt an den Unfallfolgen. Mal
fallen die Kinder bei einem

Bootsausflug auf dem Ijsselmeer von Bord und ertrinken. Ich rede mir ein, nix machen zu können bei eigener Anwesenheit, was nur ein schwacher Trost ist. Und zusätzlich erinnere ich mich an seltsame Fernsehsendungen über Monsterwellen und mir wird schlecht vor Angst.

Das erste Abendessen steht an. Die Crew hat eine einladende Tafel gedeckt und ich bin positiv überrascht wie ansprechend alles ist und wie gut es mir gefällt. Ziemlich pünktlich treffen alle zum Essen ein. Wir haben sozusagen jeden Abend Captains Dinner fällt mir auf. Unser Kapitän ein Franzose, der aber darauf beharrt, dass er wirklich Steve heißt, sitzt so am Kopfende, dass er den Raum überblickt, das andere Kopfende bleibt frei. Ich sitze am zweiten Platz rechts von ihm. Er erzählt, dass er gebürtig aus Menton stammt. Vor meinem geistigen Auge sehe ich ihn mit einem alten BMW-Reisemotorrad aus den malerischen Seealpen an die Küste fahren. Und ich würde gerne in einem kurzen Rock hinter ihm sitzen und die Wärme genießen. Ich werde aus meinen Tagträumen gerissen, weil Stefan Jessica fragt wie sie zu Stanley Kubrick steht, und da sie antwortet, wird die Frage an mich weitergegeben. Alle schauen mich an, sogar die Crew, was mich irritiert, da sie kein Deutsch verstehen. Ich gebe an Stanley Kubrick zu schätzen und auch die literarischen Vorlagen, sowohl die nicht Realisierten wie Stefan Zweigs „Brennendes Geheimnis", als auch die berühmten Filme wie sein letztes Werk „*Eyes Wide Shut",* die ins New York der Gegenwart verlegte Verfilmung von Arthur Schnitzlers Traumnovelle. Schnell wird das Gespräch, das hauptsächlich zwischen Stefan und mir stattfindet tiefgründig. Wir besprechen unsere Emotionen und Meinungen zu den beiden genannten Filmen Shining und Uhrwerk Orange. So sind wir schon am ersten

Abend bei Themen wie Urängsten
und Eifersucht. So entsteht eine
Fragerunde, die folgendermaßen
abläuft: Stefan fragt Jessica, die
keine so richtige Antwort weiß, ihn
aber anstrahlt und auf seine Fragen
so gut sie kann eingeht. Stefan bleibt
höflich, ist aber sichtlich
unzufrieden mit Jessicas
oberflächlichen Statements und gibt
jede Frage an mich weiter. Mir
kommen mein Kunststudium und die
Einflüsse meiner Männer zu Gute:
ich kann entsprechend tiefgründig
auf Stefans Fragen und Denkanstöße
eingehen.

Die Stimmung ist ausgelassen, wir
trinken jede Menge Snow-Bier und
ich lerne sogar noch etwas: die mir
bis dahin unbekannte Biermarke ist
das mit Abstand meistverkaufte Bier
der Welt. Ich kann es gut trinken,
weil es nicht so stark schmeckt. Es
passt auch zum eher deftigen Essen
an Bord und der Tatsache, dass wir
uns auf einem Containerschiff
befinden. An diesem Abend sinke

ich müde und entspannt in mein
Bett, ich bin unbeschwert und
zufrieden, ich kuschele mich in die
gestärkten Laken, die leicht
chemisch riechen, in diesem
Moment bin ich komplett bei mir
und denke an nichts, ich spüre und
genieße meinen Schwips und schlafe
sofort ein. Ich bin lange nicht mehr
so gemütlich in den Schlaf
gesunken. Früher als Kind schon
mal sonntags nachdem ich tagsüber
auf einem Abenteuerspielplatz oder
im Schwimmbad getobt hatte mit
meinen Schwestern und
Nachbarskindern.

Beim Frühstück versuche ich mich
zurück zu erinnern, wann mein
Leben von unbeschwert auf
beschwert gewechselt ist. Ich merke,
wie ich konzentriert ich auf den
Atlantik starre, auf dem Nichts, auch
kein anderes Schiff zu sehen ist,
während ich es in meinem Kopf
umso turbulenter zu geht. Ich
versuche, mich chronologisch zu
erinnern, wann ich das erste Mal

darunter gelitten habe, dass es Ärger gab. Wann ich aufgehört habe, im hier und jetzt zu leben und nachts wach gelegen habe. Da fällt mir ein, dass ich manchmal schon als Grundschülerin eine Nacht wach lag. Aber da war es entspannt: ich erinnere mich an eine Nacht, zu der Zeit muss ich im ersten oder zweiten Schuljahr gewesen sein, in der ich ganz entspannt durch das Dachflächenfenster meines Kinderzimmers den Sternenhimmel einfach nur angeschaut habe und die Stille genossen habe. Ich habe mir keine Sorgen gemacht, mich nicht gefragt, warum ich schlafen nicht kann. Ich bin ganz entspannt irgendwann wieder in den Schlaf gesunken.

Bei der Gelegenheit frage ich mich auch, wann Geld zur Sorge wurde. Nach außen habe ich es immer geschafft auszustrahlen, genug Geld zu haben. Bis heute. Oder meine ich das nur selbst? Weiß vielleicht jeder durch geschwätzige Freunde bei der

Bank Bescheid? Früher war mein Kosmos so klein, dass der Stadtwald groß genug war, dass ich dachte, man könne sich darin so verlaufen, dass man verschwindet. Mittlerweile kenne ich den Stadtwald so gut, dass ich egal an welcher Stelle ich bin, nicht mal überlegen muss, an welcher Stelle ich wohin komme. Bei dem Gedanken an Geld und Zukunft steigt eine leichte Panik in mir auf. Dabei ist meine Geschichte an die anderen Passagiere und die Crew wieder so gut, dass alle sie glauben (oder mir nicht vor den Kopf stoßen wollen?) Ich habe immer öfter Angst, aufzufliegen. Meine Geschichte ist hier an Bord, dass ich mal zur Ruhe kommen möchte, bevor ich in New York shoppe, mir das Guggenheim anschaue, mich im Nachtleben treiben lasse bevor ich zurück in mein gut bürgerliches Leben fliege. Sieht man mir an, dass ich lüge? Zwinkere ich? Nimmt man mir ab, dass ich Freunde in New York habe? Oder bin ich eine Spinnerin?

Der Mitreisende Günther reißt mich
aus meinen Überlegungen bevor ich
mich richtig hinein steigern kann. Er
grüßt mich mit „Guten Morgen" und
lässt seinen Blick erstmal auf den
weiten Atlantik schweifen bevor er
mich ein paar Minuten später nach
meinem Befinden fragt, und ob ich
einen Kater habe. Ich habe keinen
Kater, ich bin trainiert. Das spreche
ich natürlich nicht laut aus, ich
zwinkere nur und erkundige mich
nach seinem Befinden. Günther
macht Scherze über seine senile
Bettflucht und gesteht mir, dass er
seinen Sohn Christian um seinen
tiefen Schlaf beneidet. Da er ihn
nicht wecken wollte, hat er die
Kabine verlassen. Dabei hat er es
auch genossen, ihn beim schlafen zu
beobachten, aber er wollte auch
nicht, dass sein sich so unwohl fühlt.
Noch einer an Bord, der sich viele
Gedanken macht. Das ermutigt
mich, dass Gespräch auf die anderen
Gäste zu lenken, wobei mich
eigentlich nur Stefan interessiert.

Warum weiß ich nicht, vielleicht einfach nur, weil er der einzige Alleinreisende außer mir ist und auch noch ein Mann. Günther erklärt mir, dass Stefan eigentlich mich gefragt hat, nur über den Umweg Jessica. Mein Interesse an Günthers Theorie ist geweckt: ich möchte natürlich wissen, wie es aus seiner Sicht läuft. Günther erklärt mir, dass Stefan offensichtlich Kontakt mit mir möchte, ich allerdings einen kühlen Eindruck mache. Jessica wirkt deutlich offenherziger als ich, schon durch ihr Styling, und es bedient jedes Klischee, dass sie „zuerst" angesprochen wird, einfach durch ihr blondes Haar, die vollen Lippen und die beiden nicht zu übersehenden Argumente.

Ich bin sehr zufrieden mit Günthers Argumenten. Günther hat schon mal die richtigen Knöpfe bei mir gedrückt, weil er der Meinung ist, dass Stefan seine Fragen so gewählt hat, dass Jessica sie nicht beantworten kann, aber mein

Interesse geweckt ist. Obwohl mir
mein Äußeres so wichtig ist, liebe
ich Komplimente, die sich auf
meinen Geist beziehen. Ich starte
nach meinen ersten trübsinnigen
Überlegungen doch noch positiv in
den Tag. So leicht geht das nach wie
vor bei mir! So abhängig bin ich
vom Wohlwollen meiner
Mitmenschen.

Kurz darauf erscheint Günters Sohn
Christian ausgeschlafen und gut
gelaunt an unserem Tisch, ich trinke
meinen Kaffee aus, verabschiede
mich und gehe nach draußen an
Deck. Ich möchte nicht lästigfallen.
Draußen ist es eisig, der Wind weht
so stark, dass meine Haare nicht zu
bändigen sind und ich mich gegen
den Wind drehen muss, um gut
sehen zu können. Das hatte ich mir
als mich die Sonne durch die
Glasscheibe am Frühstückstisch
gewärmt hat, anders vorgestellt. Ich
schlendere über das Deck in der
Hoffnung, jemanden zu treffen oder
etwas Interessantes zu entdecken.

Mir fällt ein, dass meine Freundin
Alexandra früher nie am Tisch
sitzen wollte, wenn wir ausgegangen
sind, sie wollte immer an die Bar
oder stehen, damit wir angesprochen
werden. Meine Kabine ist jetzt wie
ein Tisch, es wird vermutlich
niemand klopfen. Deshalb bleibe ich
auf den Gemeinschaftsflächen. Ich
weiß nur nicht auf welcher. Beim
Frühstück möchte ich mich keinem
der gemeinsam Reisenden
aufdrängen und auch Stefan nicht in
die Verlegenheit bringen, mich an
seinen Tisch zu bitten. Ich gehe
langsam auf Entdeckungstour.
Langsam, damit ich nicht zu schnell
fertig bin. Es ist eine Sauna an Bord.
Meine Gedanken schweifen ab, ich
überlege, ob ich in die Sauna wollte
und falls ja, in welcher
Konstellation. Muss ich mich
rasieren oder sollte ich mich nicht
rasieren, um andere und mich vor
mir zu schützen?

Mein Wunsch nach Gesellschaft
wird erfüllt. Captain Steve gesellt

sich zu mir. Mir geht durch den
Kopf, dass gerade besonders innige
Wünsche von mir immer in
Erfüllung gegangen sind, genau wie
ich sie mir gewünscht habe, leider
habe ich immer falsch gewünscht,
indem ich nicht das gewünscht habe,
was ich wirklich wollte, sondern
etwas Oberflächliches, das zum
Rahmen passte. Ich habe mir mal
auf dem Nachhauseweg einen Mann
gewünscht, mit einem „guten"
Brustkorb und entsprechender
Stimme, einer Dachterrasse mit
schöner Aussicht, in der Stadt, wo
ich zu Fuß hinkann. Genau so einen
Mann habe ich kurz darauf
kennengelernt. Leider habe ich
vergessen mir Verbindlichkeit und
Treue zu wünschen.

Steve und ich unterhalten uns über
seinen Werdegang zur Schifffahrt,
seinen Heimatort Menton und ich
fühle mich sehr wohl in seiner
Gesellschaft, auch schweigend. Ich
kann aber auch hier meine
Eifersucht schwer unterdrücken.

Meine Realität drängt sich auf und ich frage mich, ob Steve sich auf jeder Reise eine Passagierin heraus pickt, die ihm die Überfahrt versüßt. Und schon kippt meine Stimmung und ich suche meine Kabine auf. Gott sei Dank gibt es gleich Mittagessen und ich komme automatisch mit den anderen Passagieren in Kontakt.

Wie sollte es auch anders sein, Stefan und ich werden „Gesprächspartner", er hat an einer Trennung auf Zeit zu knabbern und hofft, dass er sich mit seiner Freundin in Trennung in New York trifft. Die Seereise soll ihm Zeit geben, seine Beziehung zu überdenken. Seine Freundin wollte Abstand und er hat es deshalb in Berlin nicht ausgehalten und die Reise sollte ihn auch davor schützen, ein Stalker zu werden. Bei Stefan bin ich auch eifersüchtig, weil er gedanklich bei einer anderen Frau ist. Ich wäre so gerne bei einem Mann die Nummer Eins.

Vor Frank und Paul hatte ich eine
Beziehung als Gymnasiastin der
Oberstufe mit Felix, und schon da
kam es zu Verletzungen, obwohl er
sehr an mir gehangen hat. Trotzdem
hat Felix sich vor Mitschülern
profilieren müssen, indem er da
gesagt hat, dass es „nur so" wäre
zwischen uns, weil er von
irgendetwas profitieren möchte. Vor
anderen gut dastehen, war da noch
wichtiger. Allerdings hat er lange
und viel gelitten als ich zu Paul
gewechselt bin und es bricht mir bis
heute das Herz, wenn ich daran
denke, dass er mal nachts bei mir
geklingelt hat, und ich nicht alleine
war. Paul lag in meinem Bett und
Felix kam mitten in der Nacht
betrunken, verzweifelt und Blut
verschmiert nach einer Diskotheken-
Schlägerei zu mir. Und ich schicke
ihn weg, weil ich nicht alleine bin.
Es bricht mir bis heute das Herz,
wenn ich daran denke.

Ich fühle mich wohl in dem kleinen Kosmos an Bord, ich habe ein gutes Standing, ich werde als interessant empfunden von den anderen Passagieren und zwei gute Männer umschwärmen mich. Stefan nimmt mich vor einem Abendessen auf Seite, um mir zu sagen, dass Jessica Geburtstag hat und sich sehr freuen würde, wenn ich ihr gratuliere. Anlässlich Jessicas Geburtstag gibt es einen kleinen Sektempfang und ich nutze die Gelegenheit, ihr zum Geburtstag zu gratulieren. Tatsächlich freut sie sich sehr. Ich fühle mich geschmeichelt, weil sie sich so freut. Beim späteren Abendessen ist die Stimmung sehr ausgelassen und Stefan und ich nähern uns einander an. An diesem Abend leben wir den Moment in unserem kleinen Universum. Stefan und ich verlassen gemeinsam das Abendessen und gehen an Deck. Es regnet und der kalte Regen holt mich kurz zurück in die Realität, ich frage Stefan nach seiner Freundin: sie hat einen Flug nach New York gebucht

und möchte sich mit Stefan treffen.
Das ist aber ganz weit weg von mir
und irgendwie uninteressant. Ihn hat
das recht euphorisch gestimmt und
trotzdem hält ihn irgendetwas total
in meinem Bann. Ich hatte schon die
Zugfahrt von Philadelphia nach New
York mit Stefan vor meinem
geistigen Auge.

 Kichernd wie Teenager gehen wir
in meine Kabine, ich habe darauf
bestanden, mir die Zähne zu putzen,
dann gehen wir immer noch ganz
albern in Stefans Kabine, er wollte
unbedingt in seine Kabine. Mir fällt
auf, dass seine Kabine angenehm
gelb beleuchtet ist, wie mit
Kerzenlicht, ich fühle mich wohl in
der spartanischen Kabine, die durch
Stefans Unordnung irgendwie
wohnlich wirkt. Ohne, dass ich mir
erklären kann, wie es dazu kam,
liege ich splitternackt in Stefans Bett
und es fühlt sich so richtig an. Wir
knutschen und ich immer noch
absolut im hier und jetzt. Stefans
Satz „du kommst, auch ohne dass

ich in dir drin bin" weckt einige
Emotionen in mir. Spontan erstmal
Trotz: auf gar keinen Fall bestätige
ich sein Ego indem ich komme!
Dann frage ich mich, ob das seine
Version von Treue ist, keine
Penetration entspricht also in seiner
Welt Treue? Und im nächsten bin
ich absolut im hier und jetzt. In
diesem Moment gibt es nur Stefan
und mich. Und absolutes
Begehren… und ich komme, obwohl
er nicht in mir drin ist. Und ich bin
wunschlos glücklich. Und ich
schlafe berauscht und glücklich ein
neben Stefan. Am nächsten Morgen
wache ich sehr früh auf und bin
voller Sehnsucht. Stefan ist
abweisend, vermutlich hat er ein
schlechtes Gewissen wegen seiner
Freundin. Ich gehe in meine Kabine
und dusche ausgiebig, es ist noch
viel zu früh zum frühstücken, aber
ich habe Lust auf einen Kaffee mit
viel Milch. Ohne mich der weiteren
Körperpflege zu widmen, wie nach
dem Duschen den Körper eincremen
und mich schminken und frisieren,

gehe ich in die Küche, koche mir
einen Kaffee und erhitze mir Milch,
da mir die Tassen zu klein sind, fülle
ich beides in eine Schale und gehe
damit zurück in meine Kabine, um
mich gemütlich für das Frühstück
zurecht zu machen. Ich werde
nervös. Endlich ist Frühstückszeit,
bis auf Christian, Stefan, Birgit und
Jessica haben sich alle im
Frühstücksraum eingefunden. Ich
geselle mich zu Günther und noch
bevor Günther und ich ein Gespräch
beginnen, betritt Stefan den
Frühstücksraum. Stefan wirkt nervös
und unausgeschlafen. Ich erstarre
und Stefan beachtet mich nicht. Er
ignoriert mich völlig und flirtet
etwas Jessica. Ich bin maßlos
enttäuscht. Dank Günther halte ich
die Nerven. Aber es verletzt mich,
nach der letzten Nacht ignoriert zu
werden.

Ich nutze die Zeit nach dem
Frühstück, um meinen Gedanken
nachzuhängen. Früher bin ich schon
mal mit Freunden in ein griechisches

Lokal gegangen. Vom Essen und
den Preisen her, war es eine
Frittenbude. Aber urig, stets voll und
ein sehr gemischtes, teilweise auch
gutes Publikum. Eigentlich war es
mir zu laut und nicht mein Ding.
Trotzdem bin immer wieder hin,
weil es nicht teuer war, und Leute
aus meinem Umfeld sehr gerne
dahin sind. Bedient wurde man von
drei griechischen Brüdern, wovon
einer auch der Unterhalter war und
manchmal ganz schön aufgedreht
hat. Ouzo auf's Haus gab es
eigentlich immer. Aber an manchen
Abenden wurde ganz schön
übertrieben. Manchmal hat der
„Unterhalter-Bruder" einfach
Bierdeckel genommen und mit so
einer Wucht auf den Tisch geknallt,
dass es richtig geknallt hat. Dabei
hat er Jamas! Gerufen, fast geschrien
und ich empfand ihn als aggressiv,
während der Rest Spaß hatte und
gejohlt hat. Dann habe ich mir jedes
Mal vorgenommen, nicht mehr mit
zu gehen, und war froh, wenn der
Abend zu Ende war. Trotzdem bin

ich ganz oft da gewesen, Lokale, die mir eher zugesagt hätten, waren zu teuer für mich ohne Frank oder Peter. Von diesen Lokalen habe ich dann beim Griechen geschwärmt.

Nach ein paar Tagen werde ich plötzlich seekrank. Ich fühle mich elend, erbreche mich regelmäßig und habe fürchterliche Kopfschmerzen. In diesem Zustand bin ich so mit meinem Leid beschäftigt, dass mir wenigstens keine Gedanken machen kann.

An Bord herrscht eher Langeweile, als dass man die Langsamkeit für sich erkennt, das gilt für alle Passagiere.

Stefan und Günther zetteln ein Trinkgelage mit der vietnamesischen Crew an. Die Stimmung kippt, es eskaliert bei ein paar Wahrheiten, Bösartigkeiten und ich fühle mich bloßgestellt und kann die Situation auf mein gesamtes Leben anwenden.

„Der Kaiser ist nackt!" schießt es
mir durch den Kopf.

Ich stelle mich an das Heck des
Schiffes und starre gebannt auf das
Kielwasser, dass in der Dunkelheit
noch gut zu sehen ist. Eigentlich
sollte ich auf der Queen Mary 2 sein,
ist mein erster Gedanke, der mich
auch selbst irritiert. Im Geiste gehe
ich noch einmal die Stationen mit
Frank durch. Meine Euphorie und
mein am Boden zerstört sein fällt
mir ein. Meine Abhängigkeit und
meine Alternativlosigkeit gehen mir
durch den Kopf. Der Film „A Star Is
Born" geht mir als Rückblende noch
einmal durch den Kopf: der
Schwächere bringt sich um, als er
realisiert, dass er auch der
Untalentierte ist und sich seine
Eifersucht eingesteht. Treibt ihn sein
charakterliches Versagen in den
Tod?

All meine Stationen im Leben, an
denen ich hätte umkehren sollen
oder noch mal die Kurve bekommen

können, gehen mir durch den Kopf. Mir fällt auf, dass das Praktische am Tod ist, dass man dem Toten keine Vorwürfe mehr machen kann, die Person hat sich einfach der Situation entzogen.

Mit einem Gefühl der Erleichterung springe ich in das Kielwasser. Die Kälte des Atlantiks verschafft mir einen erfrischenden Moment der Klarheit. Das von Frank so oft gehörte „Ich will leben!" schießt mir durch den Kopf. Dafür ist es jetzt zu spät. Ich habe aus einer Laune heraus mein Leben beendet. Und Niemand mehr bekommt eine Antwort auf die Frage des Warums.